KB006720

좀더 단단한 내가 될래

초판 1쇄 발행 | 2020년 12월 3일

지은이 전슬기
발행인 한명선
편집인 김화영

편집 나은심 **마케팅** 배성진 **관리** 이영혜
디자인 모리스 **일러스트** 달리는 크린이

주소 서울시 종로구 평창길 329(우편번호 03003)
문의전화 02-394-1037(편집) 02-394-1047(마케팅)
팩스 02-394-1029
전자우편 offcourse_book@daum.net
인스타그램 instagram.com/offcourse_book

발행처 (주)새움출판사
출판등록 1998년 8월 28일(제10-1633호)

ⓒ 전슬기, 2020
ISBN 979-11-90473-46-0 03810

• 잘못된 책은 바꾸어 드립니다.
• 책값은 뒤표지에 있습니다.

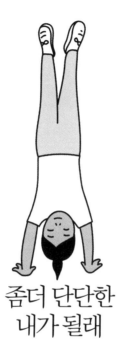

좀더 단단한
내가 될래

전슬기 에세이

2 마음에도 근육이 붙어버렸다

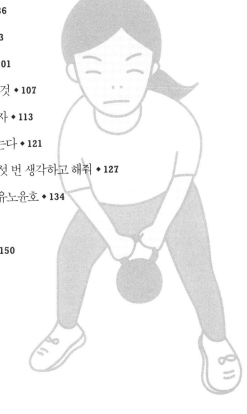

3 땀 빼고 광내서 살아가기

4 건강한 어른이 돼보려고요

단단해지기 위해 도망쳤다

강한 인간이 되고 싶었지만 완강한 인간이 되고 싶진 않았다.

살면서 내가 만난 완강한 사람들은 약자에겐 늘 무례했고 무리한 요구를 하면서도 하나같이 당당했다. 그리하여 그들 앞에서 스스로를 지켜가기 위해 나는 보다 단단해지기로 했다.

"똑똑하고 말 잘 듣는 애들은 많아. 회사가 널 왜 뽑았는지 생각해봐."

"운동 한 번이라도 해본 적 있어? 여자애면 관리를 해야지."

"바쁘다면서 집에 갈 시간은 있네? 야근 얼마나 했니."

깨지고 부딪쳐서 스스로가 점점 작아지던 날들. 운다고 달라질 것은 아무것도 없었다. 그래서 열심히 도망가기로 했다. 크로스핏을 처음 시작하던 날에도 걱정이 많았다. 회사생활도 못하는데 내가 이걸 할 수 있을까? 여럿이서 같이 하는 운동인데? 이제 더는 사람한테 상처받기 싫은데. 한 시간이 넘도록 입구에서 남들 운동하는 것만 지켜보다가 등록도 하지 않은 채 그곳을 나왔다.

나는 두려웠다.

회사에서는 뭐만 하면 안 된다는 말을 많이 들었다. 이건 이래서 안 돼. 저건 저래서 안 돼. '안 돼'라는 말을 너무 많이 듣다 보니 스스로도 난 역시 안 되는 사람인 건가 자괴감이 들었다. 심적으로 많이 유약해져 있었다. '돼! 할 수 있어! 좀만 더! 쥐어짜!' 크로스핏은 그런 내 자신을 자꾸만 긍정하게 만들었다. 없던 힘도 샘솟게 만들어주는 매력적인 스포츠였다. 나는 분명 힘들어서 도망친 거였는데, 이상하게 운동을 하면 할수록 점점 더 단단해졌다. 땀을 미친 듯 흘리고 나면 몸은 힘든데 정신만은 개운했고 쿵쾅쿵쾅 심장 뛰는 소리가 가열차게 들려오는 것 또한 좋았다.

"뭐야, 오늘도 운동 간다고?"

"비 오는데도 갈 거야? 오늘 법카 잔액 많은데."

"아주 운동선수 되겠네."

규칙적으로 운동을 하게 되자 회사에서도 나를 이상하게 보았다.

"네. 그러려고요."

그때의 나는 이미 달라져 있었다. 마음에도 근육이 붙어버린 것이었다. 마침내 나는 나만의 대나무숲을 찾았다. 아니, 그런 줄 알았다.

6

"어떻게 사랑이 변하니?"

크로스핏을 시작한 지 3개월째. 영화 〈봄날은 간다〉 속 명대사처럼 매일매일 가던 박스(크로스핏 세계에선 체육관을 박스라고 부른다)에서 도망가고 싶어졌다. 남들이 못한다고 말하는 게 그렇게 듣기 싫을 수 없었다. 크로스핏에 한해서라면 강철같던 내 마음이 두부처럼 물러져갔고 부정적인 평가를 받는 게 견디기 힘들었다. 급기야 퇴근하고 크로스핏을 가는 것 자체가 일종의 스트레스로 다가왔다. 나를 지켜내기 위해서는 다시금 새로운 도피처가 필요했다.

그렇게 시작한 게 달리기였다. 크로스핏에서 기초 체력이 조금은 쌓인 덕인지 달리기는 생각보다 수월했다. 잘하는 운동을 하게 되니 금방 재미를 붙이게 됐다. 줄곧 저녁에 가던 크로스핏 시간대를 점심시간대로 바꾸었고, 부정적인 신호 또한 자연히 차단됐다. 매일 점심에 크로스핏, 저녁에 달리기를 하는 생활을 1년 넘게 반복하며 체력은 나날이 좋아졌다. 신기하게도 꾸준히 하다 보니 잘하는 건 달리기가 됐고, 생각지도 못했던 풀 마라톤까지 뛰게 됐다. 점심에는 크로스핏을 매일 하고 저녁에는 달리기도 하는 애, 풀 마라톤 뛴 크로스핏터. 그렇게 나는 둘 모두에서 자신감을 찾게 됐다.

'단단하다'의 사전적 정의는 '외부의 힘을 받았을 때 쉽게 그 모양이 바뀌거나 부서지지 않음, 쉽게 지치지 않고 튼튼하다'이다. 크로스핏과 달리기. 두 가지 운동을 꾸준히 이어오며 나는 보다 단단한 사람이 됐다.

그동안 지친 내 몸에 기력을 불어 넣어준 게 운동이었다면 생채기 난 마음에 활력을 불어 넣어준 건 글쓰기였다. 점심시간 운동과 퇴근 후 글쓰기 덕분에 나는 달라졌다. 세상엔 수많은 사람이 있지만 나라는 사람은 오직 단 한 명뿐이라는 것, 그 사실을 늘 잊지 않고 살아가게 됐다.

살다 보면 예기치 않은 역경을 자주 마주하게 된다. 그 앞에서 스스로를 지켜 나가는 건 늘 어렵고 두렵기만 하다. 모쪼록 내 평범하고 소소한 경험이 누군가에게 조금이나마 위로 또는 도움이 되면 좋겠다는 마음으로 이 글을 쓴다. 자꾸만 더 잘하라고 강요하는 사람들 속에서 여러분도 자신만의 뭔가를 찾아보다 단단해지기를 바란다.

좀더 달려보기로 했다

열 살 운동회에서
서른 살 마라톤 대회까지

총이 울렸다. 엄마는 바로 고꾸라졌다.

등나무 아래 서 있던 모두의 얼굴이 창백해졌다. 몇 초의 정적이 지나간 후 '슬기 엄마'라는 소리가 들렸다. 나는 차마 고개를 들 수 없었다.

운동회 날이었다. 엄마는 맞벌이였지만 시간을 빼서 초등학생 딸의 운동회에 왔다. 학급 임원의 엄마라는 이유로 생각지도 못했던 계주 첫 주자로도 뽑혀 나가야 했다. 서른 명이 넘는 사람들이 모두 엄마를 주목했다. 선생님이 두 주먹을 불끈 쥐며 파이팅을 외쳤고 반 아이들 모두 내 이름을 부르며 엄마를 응원했다. 그땐 마치 우리 엄마가 슈퍼 히어로가 된 것 같았다. "슬기 너네 엄마가 달리는 거야?" 옆 친구 질문에 "응응!" 힘차게 대답하며 고개를 꼿꼿하게 든 것도 그 때문이었다. 이런 나와는 달리 엄마는 몇 번이고 스타트를 알리는 총구를 봤다가 발밑을 내려다봤다가 긴장한 기색을 감추지 못했다. 운동화 끈을 자주 묶었다 풀었다 하는 엄마, 그런 엄마를 응원하는 함성 소리가 운동장 가득 울려 퍼지고 있었다.

"탕!"

총소리가 울리고 출발선 바로 앞에서 엄마가 넘어졌다. 그 순간 모든 건 끝이 났다. 마치 타노스의 손가락 한 번에 사람들이 온데간데없이 사라져버리듯 주변의 모든 게 고요해졌다. 출발선 바로 앞에서 주저앉은 엄마에게 사람들은 냉랭하기 그지없었다. 어이없다는 표정과 함께 어딘가 일그러진 입모양들을 보면서 나는 손톱을 물어뜯을 수밖에 없었다. 선생님은 허 하고 한숨을 쉬며 혀를 찼고 옆 친구는 울상이 된 채 나를 째려

보았다. 저쪽 레인에 서 있는 두 번째 주자 아주머니가 머리카락을 쥐며 발을 동동 굴리는 게 보였다. 엄마도 그쪽을 보고 있었다. 그러나 도통 일어날 생각을 하지 못했다. 일제히 출발했던 다른 팀 주자들이 두 번째 주자에게 바통을 넘겨줄 때쯤 내 옆에 서 있던 학부형이 말했다.

"슬기 엄마, 달려요."

엄마가 등나무 쪽을 바라보자 나를 둘러싼 주변 사람들이 일제히 눈을 피했다. 죄지은 것처럼 고개를 푹 숙인 엄마, 얼마 후 앞을 보더니 그대로 운동장을 내달리기 시작했다. 기억하건대 그건 달리기도 경보도 아니었다. 그냥…… 조금 빠른 걷기였다. 넘어질 때의 파란만장한 동작과는 다르게 엄마의 뜀박질은 참으로 평온했다. 초가을 태양이 너무 뜨거워서인 건지 아니면 예상 못했던 경기 상황 때문인 건지 내 양 볼은 빨갛게 불타올랐다.

그날 계주가 끝나고 등나무 아래 벤치에 앉아 도시락 찬합을 혼자 까서 먹었다. 계주 주자로 나섰던 엄마들이 돌아와 숨을 골랐고 친구들은 달려갔다. 서로 안고 자축했다. 우리 엄마는 어디에도 보이지 않았다.

"어머니 급한 일 때문에 집으로 먼저 가신다더라. 전해달라고 했어."

선생님이 왔다 갔다. 아무도 나와 같이 점심을 먹으려 하지 않았고 혼자 구석에 앉아 김밥을 우물우물 씹어 먹었다. 아침부터 엄마가 정성 들여 싼 김밥은 밥보다 내용물이 더 많았는데 자꾸만 목이 막혔다. 우리 엄마는 달리기 말고는 다 잘하는데, 이렇게 김밥도 맛있게 만드는데, 달리기라는 게 사람을 참 부끄럽게 만든다는 생각을 했다.

잘 뛰는 것에도 유전학적인 영향이 있는지는 모르겠지만 아무튼 나 또한 어려서부터 정말 못 뛰는 아이였다. 단거리는 늘 꼴찌였고 빨라봤자 뒤에서 한두 번째 정도 순위를 기록했다. 엄마처럼 출발선상에서 넘어진 적은 없지만 안 넘어지더라도 1, 2, 3등은 영 남의 나라 이야기였다.

체육시간은 늘 덥고 힘들었다. 달리기뿐만 아니라 숨 쉬는 것 빼고는 모든 체육 활동에 자신이 없었기에 다리가 짧은데 왜 멀리뛰기를 해야 하는지, 키가 작은데 왜 뜀틀 높이는 항상 내 키만 한 건지 온통 불만이었다. 국민의례나 새천년체조 같은 의무 활동 또한 싫어했다. 왜 전교생이 우르르 운동장에 모여 일렬로 줄을 맞춰 새천년체조를 해야 하는지, 코와 입으로 들어오는 모래를 연신 들이마시며 단합하는 게 과연 선생님이 말해준 것처럼 자라나는 아이들의 심신 단련에 좋은 건지 의

심하지 않을 수가 없었다.

　중학교 땐 더했다. 귀여니로 대표되는 인터넷 소설이 한창 붐을 일으키던 때였다. 힘센 애들이 너도 나도 일진 흉내를 내며 교내를 활보할 때 나는 어떻게 해서든 체육시간을 비켜가고자 노력하는 샌님이었다. 종종걸음으로 양호실로 향했다. 빈혈이나 생리통이라는 핑계를 대고 체육 수업을 빼보려고 한 얄팍한 잔꾀였다. 그 당시 운 나쁘게도 담임선생님이 체육 교사였다. 말투가 거칠고 행동도 내 기준에서는 과한 분이었다. 체육시간마다 준비운동으로 '귀 잡고 오리걸음' 운동장 한 바퀴를 시키질 않나, 학급 아이들을 체벌할 땐 교탁 위에 무릎 꿇고 올라가게 한 뒤 전체가 보는 앞에서 발바닥을 사정 없이 때렸다. 선생님의 사고방식 중 제일 이해할 수 없었던 건 학생들을 한 명 한 명 교무실로 따로 불러 아빠 뭐 하시냐 물어보고 촌지를 강요한 일이었다. 그래서인지 나는 체육을 전공하거나 좋아하는 사람들은 제멋대로에 과격하다는 생각을 갖게 됐다. 내게 체육시간은 사기를 증진시키는 신체 활동이라기보다 힘센 애들이 자기 힘을 과시하는 시간, 강자가 무력으로 약자를 누르는 시간으로 여겨졌다.

　고등학교 때는 매일 야간 자율 학습을 하고 학원에 다니느라 체력을 단련할 시간도 체육에 대해 생각할 시간도 없었다. 그런 내가 대학교에 들어와서 처음으로 자발적 운동을 시작하게 됐는데 다름 아닌 학교 헬스장에 구비된 트레드밀이었다. 트레드밀에서 속도 6~8을 유지한 채 두 발을 굴리던 게 스스로 행한 첫 운동이었다. 달리기보다는 거의 속보에 가까웠다. 절대 8 이상의 속도로 달리려 하지 않았다. 속력을 빨리 해야 할 필요성을 못 느꼈고 숨이 차는 느낌 또한 싫었기 때문이다. 늘 8 정도의 속도로 매일 한 시간씩 트레드밀을 탄 건 운동이 즐겁거나 행복해서 한 일은 아니었고, 그냥 예뻐지고 싶어서였다. 인생 첫 실연을 겪고 난 후 예뻐져야겠다 독하게 마음먹었을 때였다. 애초에 운동 자체를 배우거나 즐기려는 목적이 아니었기에 수단으로서의 운동은 전혀 흥미롭지 않았다. 오직 체중 감량을 위해서만 달렸다. 트레드밀 위에서 빨리 걷기, 일반식 대신 선식을 먹은 지 두 달째, 몸무게가 15kg 가까이 빠졌다. 사회적 외모 기준으로는 아마 그때가 제일 예뻤다고 생각되는데 내적으로는 가장 피폐했던 시기였다. 늘 예민하고 신경질적이었다. 하루 종일 배가 고파 힘이 없었고 현기증 때문에 쓰러져서 잠드는 날들이 많았다. 어느 날은 너무 어지러워 트레드밀 위에서 휘청이다 넘어진 적도 있었다. 대학을 졸업할 때까지도 운동에 별 재미를 붙이진 못했다. 그래도 처음엔 트레드밀을 6~8로 타는 것조차 힘들었는데 반복 학습의 효과인 건지 졸업할 때쯤에는 8이라는 속도가 다소 쉽게 느껴졌다. 이와는 반대로 처음엔 쭉쭉 빠지던 살이 이제는 웬만한 속도로 달려도 여간해선 줄어들 기미를 보이지 않았다. 인간의 몸이란 적응의 산물이고, 한번 익숙해지면 이후에는 보다 더 다양하고 힘든 운동 환경을 만들어줘야 한다는 걸 그때 깨닫게 됐다.

대학 졸업과 동시에 요가, 수영, 스피닝과 같은 다양한 장르로 눈을 돌렸다. 반년에서 1년 정도 운동 분야를 바꿔가며 꾸준히 했지만 여전히 그 운동들이 재미있거나 좋아서 한 건 아니었다. 조금만 먹어도 살이 잘 붙는 체질이었기에 운동은 필수였고 먹으려면 뭘 하든 꾸준히 할 수밖에 없었다. 뭐라도 해야겠기에 뛰어든 마음가짐 때문인지 어느 것에도 뚜렷한 두각을 나타내지 못했다.

그런 내가 이제는 화약총이 울리면 득달같이 튀어 나가곤 한다. 어떻게 하면 좀더 빨리 나아갈 수 있을까. 어떻게 하면 이 사람들을 뚫고 앞으로 빠져나갈 수 있을까. 거미줄같이 촘촘한 사람들 사이를 테트리스하듯 요리조리 피해가며 출발선상에서 앞으로, 그보다 좀더 앞으로 달려나간다. 사람들 한 무리를 빠져나오면 3km가 지나간다. 마라톤 대회는 5km 정도까지 오면 주로가 상대적으로 한산해지는데 중간중간 사진 찍고 노는 사람들을 지나쳐서 달려가다 보면 어느새 10km에 이른다.

지쳐서 터덜터덜 걷기 시작하는 사람들을 지나쳐 계속 뛴다. 21km. 아직 쉴 수는 없다. 더 뛸 수 없을 때까지 뛴다. 그렇게 최장거리 42.195km. 시작할 때만 해도 길고 지루하게 느껴지던 달리기에는 늘 끝이 있고, 계속 뛰다 보면 즐겁고 재밌으니 이 것 참 신기한 일이 아닐 수 없다.

유전학적으로든 유년시절의 경험으로든 난 달리기에 전혀 재능이 없어야 하는 게 맞다. 이렇게까지 달리기를 좋아하게 될 줄이야. 이렇게까지 장거리를 뛰게 될 줄이야. 어린 시절의 나라면 상상도 못할 일이었다. 다들 조기교육이 중요하다고들 하는데 내 경우를 보면 커서 받아들인 것도 어릴 때만큼이나 중요한 것 같다.

서른 즈음에 달리기를 시작했고 1년이 조금 넘는 시간 동안 총 1,000km를 달렸다. 크고 작은 마라톤 대회 완주 메달은 어느새 스무 개가 넘었고 이제 10km 정도는 비교적 여유 있게 조깅할 수 있는 수준이 됐다. 이건 절대 열 살의 부끄러움이 만들어낸 결과물이 아니었다. 기억 속 초등학교 운동회는 달리기를 더 어렵게 만들었으면 모를까. 동기 부여는 전혀 되지 않았으니까. 학창 시절 달리기는 늘 꼴찌였고 운동에 좀체 재미를 못 붙이던 샌님이 어떻게 이렇게 열심히 달리게 됐지? 무엇이 날 계속 달리게 하는 거지? 앞으로 나올 글들은 순수하게 그 질문에 대한 응답에서 비롯된 이야기일 것이다.

그리 오래 달리지는 않았지만 달리기를 하면서 많이 배웠고 지금도 배우고 있다. 그리고 달리기를 계속 해내는 데는 타고나거나 천부적인 재능이 필요 없다는 사실을 매 순간 깨닫고 있다. 아무렴 나이 서른에도 이렇게 잘 달리고 있지 않은가. 어쩌면 서른 살 인생에서 열 살 운동회가 기억에 오래 남았듯, 백세 인생에서도 서른 살의 달리기는 오래도록 기억되지 않을까? 그래서 나는 쓰려고 한다. 때론 넘어지고 때론 좀 부끄럽더라도 결국엔 일어나서 달릴 수밖에 없었던 그 모든 순간들을 천천히, 차근차근 써내려 갈 예정이다.

마음의 총성은 이미 울려 퍼졌다. 이제는 고꾸라지더라도 열심히 뛰어봐야겠다. 우리 엄마가 그랬듯 조금은 우습더라도, 아무도 응원하지 않더라도 내 페이스대로 한 걸음씩 뛰어봐야겠다. 내딛는 모든 발자국엔 의미가 있을 테니 다른 사람들보다 더디더라도 끝까지 한 발 한 발 앞으로 나아갈 수 있기를.

사랑의 단상 혹은
달리기의 단상

"'사랑을 왜 하는지 모르겠습니다.' 이거 누구니? 손 들어봐."

교수님 손에 들려 있는 A4 용지는 지난주 내가 쓴 리포트였다. 롤랑 바르트의 『사랑의 단상』을 읽고 낸 감상문이었다.

"너 몇 살이니? 스무 살? 그런데 이렇게 염세적이라고? 넌 인생 더 살아봐야겠다."

교수님은 이마에 손을 짚더니 차갑게 등을 돌렸다. 대체 뭐가 잘못됐는지 알 수가 없었다. 난 분명 책을 정독했고 주제에 맞는 감상문을 써냈다. 돌아선 교수님의 등만 멀거니 바라보는데 원형으로 빙 둘러앉은 학생들이 나를 힐끔힐끔 쳐다보는 게 느껴졌다. 몇몇 선배들은 가소롭다는 표정을 감추지 않았다. 강의가 끝나자마자 자리를 박차고 나와 기숙사로 향했다. 그렇게 돌아온 기숙사 책상에는 무심하게도 그 책이 덩그러니 놓여 있었다. 책을 펼치자 눈에 익은 우화가 나왔다.

중국의 선비가 한 기녀를 사랑하게 되었다. 기녀는 선비에게 "선비님께서 만약 제 집 정원 창문 아래서 의자에 앉아 백 일 밤을 기다리며 지새운다면 그때 저는 선비님 사람이 되겠어요"라고 말했다. 그러나 아흔아홉 번째 되는 날 밤 선비는 자리에서 일어나 의자를 팔에 끼고 그곳을 떠났다.

나는 이 짧은 이야기가 책의 전반적인 내용을 아우른다고 생각했다. 내일을 앞두고 선비는 왜 그곳을 떠났을까. 기녀는 과연 99일 동안 꿈에 그렸던 그 사람이 맞을까? 정말 특별하다 생각했는데 막상 알게 되면 별거 아닌 사람일 수도 있다는 의심, 99일 동안 사랑했던 감정이 퇴색돼버린 순간을 마주해야 할지도 모른다는 두려움. 그래서 선비는 하루를 남기고 의자를 들고 떠나간 게 아닐까. 이쯤 되면 사랑이란 거, 어쩌면 사랑하는 대상을 사랑하는 자기 모습을 사랑하는 건지도 모르겠다 생각하며 뭐에 홀린 듯 감상문을 써내려 갔었다. 감상문의 내용은 대략 이러했다.

99일 동안 누군가를 사랑하고 있는 자기 자신을 사랑하는 거라면, 그 대상은 굳이 다른 사람일 필요가 없습니다. 그 시간에 누군가를 사랑하기보다는 저 자신을 사랑하는 것에 힘쓰겠습니다. 설렘을 느끼고 싶으면 로맨스 영화를 보고 슬픔을 느끼고 싶으면 이별 노래를 듣고……(중략)

스무 살의 치기라 해도 어쩔 수 없지만 그때는 책을 다시 읽으면서도 내 감상문에 뭐가 잘못됐는지 알 수 없었다. 책을 덮고 밖으로 나왔다. 생각을 정리하는 데는 아무래도 헬스장 트레드밀만 한 것이 없었다.

"달리기, 어떻게 시작했어? 난 헤어지고 나서 힘들어서 시작했는데."

러닝 크루에 나가면 왜인지는 모르겠지만 실연의 아픔을 딛고 달리기를 시작한 친구들이 많았다. 달리기가 다른 운동보다 상대적으로 접근하기 쉬워서일 수도, 달리다 보면 아무 생각도 나지 않아서일 수도 있었다. 어쩌면 누군가는 달리기를 통해 새로운 인연을 찾으려고 뛰러 나온 걸지도 몰랐다.

"나는 뭐 그런 이유로 시작한 건 아닌데."라고 대답하면서도 내심 그들이 부러웠다. 운동으로 실연의 아픔을 극복할 수 있다는 건 큰 축복이었다. 나 또한 조금만 일찍 달리기에 재미를 붙였더라면 '사랑을 왜 하는지 모르겠습니다'와 같은 다소 씁쓸한 리포트를 내놓지는 않았을 것이다. 어쩌면 먹고 토하길 반복하는 섭식장애를 겪지 않을 수도 있었다. 그랬다면 세상이 좀더 밝고 유쾌하게 보였을 수도 있었겠지.

무엇을 먹어도 마음이 허할 때가 있었다. 모눈종이만큼 좁아진 속은 무엇을 담기에도 여유롭지 않았다. 그것도 한창 좋을 때라는 스무 살, 스물한 살이 그러했으니 지금의 나로서는 아무래도 억울한 노릇이다. 그때의 나는 외양이 바뀌면 모든 것이 나아질 수 있을 거라 생각했다. 강박증적인 다이어트에 들어갔고 먹지 않고 토해가며 15kg을 뺐다. 내내 자주 울었지만 어디에다 나 슬프다고, 우울하다고 터놓을 사람은 단 한 명도 없었다. 모두들 예쁜 내 모습을 보며 좋아했으니까. 이렇게 예뻐지기 위해서 뒤에서 얼마나 토악질을 했는지 사람들은 알지 못했다. 나는 내가 섭식장애라는 걸 누구에게도 알리고 싶지 않았다. 그러다 보니 사람들 앞에서는 건강한 척, 아무 일도 없는 척했다. 그 사이 몸과 마음은 갈수록 피폐해져 갔다.

"걔가 너랑 헤어진 거 많이 후회해. 너 너무 예뻐졌다고."

다이어트에 성공한 후 그런 말을 자주 들었다. 걔가 그러든 말든 이젠 아무 상관이 없었지만 비슷한 말을 자주 듣다 보면 우울해지곤 했다. 만나면 안부 인사처럼 외모 평가를 하는 친구들 사이에서 역시 모든 관계는 보이는 걸로 판단되는 건가 싶어서였다.

"그 사이 더 살이 빠졌네."

"아무래도 네가 그 애보단 훨씬 아깝지."

"너 정말 인형 같아."

친구들 틈에서 표정 없이 앉아 있다 보면 난 정말 인형이 된 기분이었다. 예쁜 바비 인형 말고 팔다리에 실이 걸린 관절 인형. 음식 맛있다고 말하며 새 모이만큼만 먹는 입, 이 가방 예쁘다면서 잡지를 넘기며 빛내는 눈, 이 남자는 뭘 선물해줘서 괜찮다는 이야기에 집중하듯 쫑긋 세워야 하는 귀, 어린 날의 나는 몸에 집착하듯 무리에서 떨어지지 않기 위해 애를 썼다. 인형극을 하다 보니 나는 점점 더 내 삶의 주인이 되지 못하는 기분이었다. 스스로 사회의 미적 기준이라는 걸 따르면서도 자주 신물이 났다. 아침마다 거울을 보면 핼쑥해진 내가 있었다. 얼굴 광대뼈는 계속해서 튀어나왔는데 친구들은 눈코입이 갈수록 뚜렷해진다며 이목구비라는 별명을 지어주었다. 이따금 손이 떨렸다. 영양 부족 증상이었다.

아무도 내 마음을 알지 못한다는 생각. 타인에게 평가받는 것 자체가 극심한 스트레스로 다가올 무렵, 나는 결국 혼자가 됐다. 살면서 가장 영화를 많이 봤던 때가 그때였던 것 같다. 수업을 듣고 헬스장을 다녀오는 것 빼고는 하루 내내 방에 불을 꺼놓고 영화를 봤다. 집에서 나가지 않는 날이 많아지자 자연스럽게 주변 사람들은 점점 떠나갔다. 그나마 여러 사람과 함께 듣는 전공 수업도 사랑, 욕망, 죽음, 윤리와 같이 인생의 무거운 주제들을 고전이나 철학서, 시집을 통해 주로 다루었다. 사회 관계망 안에서 직접 겪고 체화해야 할 것들을 영화를 통해 보고 책으로 터득하다 보니 자연스레 사랑은 왜 하나, 현자도 답을 못 찾는 것에 답을 찾으려 해서 뭐 하나 같은 염세적인 생각들을 갖게 됐다. 그러다 보니 사랑에 대해서라면 이보다 더 잘 논할 수 없다는 롤랑 바르트의『사랑의 단상』을 읽고 나서도 저는 그냥 로맨스 영화나 보겠습니다. 이별 노래나 들을게요. 치기 어린 감상문을 쓰는 사람이 돼버린 것이었다.

그 후로 몇 년에 걸린 시행착오가 있었다. 그 사이 거식증과 폭식증을 오가며 홀쭉이도 돼보고 뚱뚱이도 돼보았다. 외모에 지나치게 집착하는 사람들에게서 도망치기도 했고, 그냥 나 자체를 믿고 지지해주는 사람들 옆에서 힘을 얻기도 했다. 무엇보다 첫 연애의 실패를 딛고 다음 사랑을 시작한 게 사고 전환에 큰 도움이 됐다.

"〈올드보이〉 블루레이 버전 있는데 보내줄까요?"

"〈피에타〉 개봉하는데 보러 가지 않을래요?"

"학교에서 친구가 〈햄릿〉 연극하는데 보러 올래요?"

줄곧 혼자만 보던 것들을 같이 보고 나누는 일. 그렇게 나는 조금씩 마음을 열었고 오랜 시간이 걸려 다시 또 누군가를 사랑하게 됐다. 체납고지서처럼 지독히도 따라붙던 섭식장애 또한 천천히 극복할 수 있었다. 그런 시간들 덕분에 요즘에 다시 읽는 『사랑의 단상』은 조금 다르게 이해된다. 남자는 그냥 자기 자신을 정확히 알게 된 게 아니었을까. 결국 사랑이란 상상이 아닌 실재이며 상대방에 대해 믿음을 갖지 못하면 자기 자신에 대한 믿음 또한 갖지 못하게 된다는 걸. 나 자신을 제대로 알아야 상대방도 있는 그대로 사랑할 수 있게 되는 것이란 걸.

달리기에서도 스스로를 알아가는 건 참 중요하다. 모든 러너에게는 자기만의 페이스가 있기 때문이다. 너무 빠르지도 너무 느리지도 않은 자기만의 고유한 페이스. 긴 거리를 완주하는데 자칫 페이스를 오버해버리면 뒤로 갈수록 점점 더 처지게 되고, 반대로 페이스를 너무 천천히 하면 뛰어도 뛰는 것 같지가 않다. 설렁설렁 뛰다 보면 달리고 있는 순간에 집중하지 못하고 자꾸만 딴생각이 든다. 물론 러너들에겐 최고의 순간이라는 러너스 하이* 또한 오지 않는다.

러너로서 꾸준히 내게 맞는 달리기 페이스를 찾아나가는 것처럼 사랑 또한 마찬가지가 아닐까. 내가 무엇을 할 때 가슴 벅찬지 어떤 것들에 숨이 막히는지 나아가 어떤 방향과 속도로 나아가고 싶은지 알게 되면, 자신을 보다 사랑하게 되고 상대방도 있는 그대로 사랑할 수 있게 되는 여유와 바탕을 가질 수 있을 테다.

---

* 러너스하이(Runner's high) : 달리기 시간이 30분 이상 경과되면 몸이 가벼워지고 머리가 맑아지는 느낌이 드는데 이를 가리켜 '러너스 하이'라 부른다. 일단 러너스 하이에 이르게 되면 우리 뇌는 마약을 한 것처럼 행복감에 휩싸이며 오래 달려도 전혀 지치지 않을 것만 같은 기분으로 계속해서 뛰게 된다.

안 될 땐
되는 거 하자

못한다는 말을 들으면 주눅이 든다. 할 수 있다는 마음도 점점 작아져서 그냥 숨어버리고 싶을 때 위로가 되는 것도 결국엔 말이다.

"달리기 많이 해보셨어요? 너무 잘 달리시는데요."

3km 지점을 뛰고 있을 때쯤 내 옆에서 달리던 러너가 말을 걸어왔다. 그날은 내가 처음으로 저녁에 크로스핏을 가지 않고

러닝 동호회에 나온 날이었다.

"제가 크로스핏을 해서 그런가 봐요. 다 같이 파이팅하는 분위기가 너무 좋네요."

뛰는 그룹 맨 앞에서 km당 속도를 맞추던 페이서가 선창을 하면 뒷사람들이 메아리처럼 파이팅 구호를 반복해서 외쳤다. 여러 사람 입에서 나오는 응원 구호를 반복해서 듣다 보면 없던 힘도 솟구쳐 오르는 것 같았다. 조금 전까지만 해도 버겁게 느껴졌던 오르막길에 어느새 다 올라와 있는 걸 보면 말이다.

"아…… 크로스핏 하시는구나."

내가 갑자기 다른 운동 얘기를 꺼내자 상대방은 당황한 눈치였다. 이내 떨떠름한 표정을 감추고선 웃으며 말했는데

"앞으로 자주 나오세요. 잘 뛰시는데요?"

나는 환한 얼굴로 "네"라고 대답했다. 첫 느낌이 좋아서였을까. 그 후로 정말 자주 나갔다. 러닝 동호회 정기 런이 월요일, 목요일 저녁 주 2회였는데 반년간 거의 하루도 빠짐없이 출석했다. 한 번 뛸 때마다 최소 6km에서 최대 10km까지 뛰었다. 꾸준히 달리다 보니 속도가 점점 붙기 시작해서 km당 6분 30초였던 페이스가 6분, 5분 45초, 5분 40초, 5분 30초, 5분 20초까지 줄어들었다. 빨라지는 속도처럼 자신감도 붙었는데 퇴근 후 달리기가 어느새 하루의 루틴이 되어버렸다. 물을 빨

아들이는 스펀지처럼 달리기가 내 몸에 배어버린 거였다. 자주 뛰다 보니 뛰러 나온 사람들과 인사를 하고 함께 운동하며 사교성 또한 올라갔다.

그즈음 나는 매일같이 가는 크로스핏에서도 달리기 잘하는 애로 간주되었는데, 일단 박스에 들어가면 사람들이 내 이름을 부르는 대신 "달리기 맨~"이라 불렀다. 혹여나 크로스핏 WOD(오늘의 운동, Workout of the day의 줄임말로 일명 '와드')로 Run이 나올 때면 "오늘 네 운동 나왔어"라고 말할 만큼 나를 보는 이미지가 달리기로 굳어졌다. 뛰는 데 들인 시간만큼이나 크로스핏에서 나오는 달리기 기록도 나쁘지 않았고 이후에 나는 '달리는 크린이'라는 운동툰까지 연재하게 되었다. '달리는 크린이'라는 이름은 달리기를 좋아하는 크로스핏 어린이라는 뜻으로 내가 지었다. 물론 이렇게 되기까지는 많은 시행착오가 있었다.

"하나도 못해? 정말로? 다시 해봐."

크로스핏 시작한 지 3개월 차, 매일매일 왔으니까 못해도 약 60일은 한 건데 여전히 못하는 것들 천지였다. 못하는 것들, 그 중에서도 더 못하는 것이 가득한 이 정글 같은 곳에서 나보다 센 포식자들은 늘 무섭고 두렵기 마련이었다. 주로 저녁반에서 운동하는 언니가 얼굴을 한껏 찌푸린 채 내 앞에 독불장군처럼 서 있었다. 그 모습이 무섭고 싫었지만 찍소리도 하지 못했다. 그저 바닥에 떨어진 줄넘기를 다시 잡을 뿐.

타닥. 툭. 타닥. 툭. 타닥. 툭.

헤드 코치님이 짜준 그룹당 미션은 세 명이서 돌아가며 300개의 더블언더를 채우는 거였다. 크로스핏에서 더블언더 double-under라고 부르는 줄넘기 2단 뛰기는 그 당시 내가 가장 싫어하는 취약 종목이었다. 여러 번 시도했지만 끝내 한 번도 줄을 넘지 못한 채 주저앉았다. 금방이라도 욕을 할 것 같던 언니는 한숨을 쉬더니 내게서 등을 돌렸다. 다른 남자 회원에게 해보라고 말을 걸었다. 남자 회원은 한 번에 2단 뛰기를 10개나 하고 난 뒤에야 바닥에 발을 붙였다.

"얘는 잘하는데 너는 뭐야. 다시 해봐. 다시. 다시. 다시."

좋아하는 노래라면 몇백 번도 다시 듣고 좋아하는 책이라면 선물하고 다시 사고 선물하고 다시 사길 반복하는 내가 '다시'라는 말을 그렇게 듣기 싫어할 줄 몰랐다. 다시 한대도 정말로 나는 이걸 할 수가 없는데. 이런 분위기에서 더는 하고 싶지 않은데. 그렇지만 다시 해내야 했다. 내가 못하면 이분들이 배수로 해야 될 테니까. 내가 할 때까지 앞에 있는 언니의 구겨진 표정은 펴지지 않을 테니까. 제발 하나만 넘겨다오. 어떻게든 폐를 덜 끼쳐야 했다. 그러나 결국 하나도 넘기지 못했다.

다음 날, 퇴근하고 다시 크로스핏 박스에 갔다. 또 그 언니와 한 팀이 됐다. 오늘의 운동은 키핑 풀업(두 손으로 철봉을 잡은 채 배를 폴더처럼 접었다 펴며 엉덩이의 반동으로 턱을 철봉 위까지 끌어올리는 턱걸이 동작)이었는데, 어제의 더블언더만큼이나 못하는 동작이었다. "배에 힘! 배에 힘!" 소리가 들릴 때마다 파르르 몸이 떨렸다. 철봉에 매달린 내 몸은 힘없이 공중에서 펄럭이는 A4 용지 같았다. 내 몸의 반동을 돕기 위한 초록 밴드는 안타깝게도 보호 파일이 돼주지 못했다. 탄력이 제일 좋다는 초록 밴드를 끼고도 계속해서 올라가지 못하는 내 모습을 보자 언니가 외쳤다.

"배 좀 당기라고!!!"

다음 날부터 저녁에 크로스핏을 가지 않았다. 계속하고 싶은 마음 반, 가기 싫은 마음 반이었던 크로스핏에 대해서 대책을 세워야 했다. 운동하는 곳을 옮겨볼까도 싶었지만 그렇다고 본질적인 문제가 해결될 것 같지는 않았다. 곧 죽어도 저녁엔 가기 싫은데 퇴근 후 운동은 하고 싶고…… 그렇게 나는 러닝 동호회에 발을 들이게 됐다. 러닝은 재밌었지만 마음 한쪽에 크로스핏에 대한 아쉬움은 여전히 남아 있었다. 저녁때를 피한다면 갈 수 있는 시간대가 언제일까? 고민하다 보니 점심시간에 눈길이 갔다. 12시 반부터 1시 반. 한번 나가볼까 싶었던 게 시작이었다. 아주 현명한 선택이었다. 첫 단추를 잘 꿴 덕에 그 후로 2년이 넘는 시간 동안 크로스핏과 달리기를 이어올 수 있었으니까.

러닝 크루에 처음 나갔을 때처럼 점심시간 크로스핏은 완전히 신세계였다. 일단 점심에는 운동 오는 인원 자체가 적었다. 하루 중 직장인이 가장 기다려지는 시간이 점심시간과 퇴근시간이라는 말이 있듯이, 그렇게 기다려지는 시간에 여길 오는 사람들이었다. 잘한다고 뻐기지도 않고 잘못했다고 혼내지도 않았다. 그 틈에서 운동하며 내게도 꽤 긍정적인 변화들이 나타나기 시작했다. 우선 인간관계에 극한 피로도를 겪던 터라 점심반 회원들과 적당한 거리를 지켜가며 운동할 수 있다는 게 좋았다. 저녁 타임 대비 상대적으로 조용했으며 운동 동작을 강요하거나 짜증을 내지 않아서 마음이 편했다. 다음으로 점심 크로스핏, 저녁 러닝이라는 일상의 루틴이 생겨난 게 좋았다. 낮에 크로스핏하고 저녁에 달리는 습관이 형성되자 체력은 날이 갈수록 올라갔다. 건강해진 신체처럼 내면도 좀더 단단해졌는데 어느 순간부터는 누가 뭐라 해도 쫄지 않을 만큼 맷

집이 생겨났다. 크로스핏을 못한다는 말을 들어도 난 이거 아니어도 잘하는 게 있는데? 반박할 수 있을 만큼 자신감이 붙어버렸다. 운동 두 개를 병행하다 보니 하나가 방패막이가 되어주는 것이었다. 이 방패를 더 강하게 만들기 위해 러닝을 꾸준히 했고, 1년이 좀 못 돼서 나는 풀 마라토너가 됐다.

시간이 흐른 후 내 러닝에 계기를 제공해준 언니와 운명의 장난처럼 또 함께 팀 운동을 하게 됐다. 아마 그때 이후로 1년 반 정도가 지났던 것 같다. 언니에게서 환청 같은 소리를 듣게 됐다.

"뭐야, 너 이제 나보다 더 풀업 잘하겠다."

탄력성이 제일 낮다는 검정 밴드로 풀업을 하고 있을 때였다. 예상치 못한 칭찬 덕분인지 아니면 정말 내 운동 능력이 향상돼서인지 그날 우리는 꽤 만족스러운 기록으로 팀 운동을 끝냈다. 운동이 끝난 후 언니에게 "수고하셨어요"라고 밝게 인사했다. 언니도 "수고했어! 잘하더라!" 대수롭지 않게 웃으며 받아 넘겼다. 태연하게 말했지만 집으로 돌아가는 길에는 너무 좋아서 방방 뛰면서 갔다.

〈2018 원더우먼 페스티벌〉 연단에서 개그우먼 박나래는 이런 말을 했다.

남들이 나를 낮게 얘기하고 깎는 얘기를 하면 자존감이 낮아지지 않냐고 해요. 근데 저는 그런 생각을 하거든요. 개그우먼 박나래가 있고 여자 박나래가 있고 디제잉을 하는 박나래가 있고 술 취한 박나래가 있고. 남들에게 웃음거리가 되고 까이는 거에 대해서 전혀 신경 쓰지 않습니다. 그거에 대해서 조금 이해가 안 되더라도 오케이 괜찮아. 디제잉하는 박나래가 있으니까. 사람은 누구나 실패할 수가 있잖아요. 그 실패가 인생의 실패처럼 느껴질 수가 있어요. 여러분은 한 사람이 아닌 거예요. 공부하는 누가 될 수도 있고 정말 다른 일을 하는 내가 될 수도 있고 우리는 '여러 가지의 나'가 될 수 있는 가능성이 있는 사람이거든요. 그걸 인지하고 있으면 하나가 실패하더라도 괜찮아요. 또 다른 내가 되면 되니까.

이 강연은 많은 사람들에게 울림을 주었고 나 또한 이 말을 통해 위로받았다. 사람은 누구나 자기 자신이 부족하다고 생각할 때가 있다. 왜 이걸 못하지, 왜 난 재능이 없지, 잘하지도 못하는데 이걸 꼭 계속 해야 하나. 이런 감정이 자기 자신에게서 오는 건지 남들의 평가에서 오는 건지 원인은 다 다르겠지만 결국에 답은 하나라고 생각한다.

'안 되는 걸 억지로 되게 하면 과부하가 걸리고 만다. 안 될 땐 되는 것부터 하는 게 좋다.'

그렇게 매일 가던 크로스핏에서 하루아침에 도망가고 싶어지는 때가 생겼듯이 좋아 마지않는 글쓰기도, 달리기도 싫어지는 때가 올 수도 있을 것이다. 그때마다 나는 이 경험을 토대로 그것들을 놓지 않고 할 수 있는 한 힘껏 도망가려고 한다. 달리기가 싫어질 때면 크로스핏으로. 크로스핏이 싫어질 때면 달리기로, 두 개 다 싫어질 때면 글쓰기로. 글쓰기조차 싫어질 때면 또 다른 걸로. 생각보다 나라는 사람은 다양한 걸 할 수 있는 사람이고 정말로 중요한 건 좋아하는 것들을 꾸준히 지켜가는 걸 테니까.

그러니 안 될 땐 되는 것부터 하자.

4시간 30분 01초

"마라톤 뛴다고? 42.195km를 뛰어본 거야?"

취미가 달리기이고 주말에 종종 마라톤을 나간다고 하면 사람들의 기준점은 늘 풀이었다. 42.195km.

이제 웬만큼 달리는 것 같다고 자신했을 때도 풀은 감히 뛰어볼 엄두를 내지 못했다. 주로에서 응원하며 보았던 풀 주자들은 내겐 넘을 수 없는 장벽 같았다. 육안으로도 무릎이 흔들리는 게 보이는 아저씨, 이미 다리가 피범벅인데도 수지침을 꽂으며 뛰어오는 아주머니, 뼈만 앙상하게 남은 몸으로 달려가는 할아버지…… 이게 내가 풀 마라톤에서 흔히 보는 풍경이었다. 형형색색의 싱글렛을 입고 뛰는데 누가 봐도 마라토너, 섣불리 쫓아가다 보면 가랑이가 찢어질 만큼 오랜 기간 달리기를 이어오신 분들이었다.

내가 러닝 동호회를 정기적으로 나가기 시작한 건 2018년 6월 21일이었다. 반년 더 되는 기간 동안 주에 두세 번, 많게는 네다섯 번씩 달리기를 이어왔다. 회당 평균 6~10km 정도를 뛰었고 그사이 마라톤 대회는 10km 다섯 번, 하프마라톤 두 번을 나갔다. 이처럼 평소에 규칙적으로 열심히 뛰어왔는데도 불구하고 풀에 대한 두려움은 여전했다. 앞으로 달려온 만큼 더 달린다 한들 풀을 뛸 수 있을까, 자신할 수 없었다. 그런데 그렇게 두려워했던 풀 마라톤이 어느샌가 기정사실화돼 버렸다. 90주년 기념으로 Finisher 메달에 90이라는 숫자가 새겨진다는 소문이 돌았다. 90년생 또래 동갑내기 러너들이 함께 모여 달리는 따런 모임에서 이건 반드시 나가야 한다는 말들이 많아졌다. 2018년 겨울 〈2019 서울 국제마라톤 대비 훈련방〉이 구성됐다. 어쩌다 보니 어영부영 나도 거기에 끼게 됐다. 난생

처음 마라톤 훈련이란 걸 해보았고 친구들에게 풀 마라톤 신청 주자로 불리우게 됐다. 개최일 두 달 전부터 대회용 레이싱화를 구매했고 파워젤, 아미노 바이탈, 크램 픽스 등 이름도 생소한 스포츠 보충제들을 공구했다. 그렇게 마라톤 준비에 본격 착수하게 됐다.

"마라톤 뛴다고? 42.195km 뛰어봤어?"
이제 이런 질문을 받으면
"네, 동아마라톤 4시간 30분 01초예요."
라고 자신 있게 말할 수 있게 됐지만 말 한마디로 끝낼 수 있을 만큼 쉽지만은 않았던 경험이 분명했다.

S대 의대 입학보다 어렵다는 마라톤 완주를 지금 해내셨습니다! 바로 당신이!

실제로 풀을 뛰고 들어왔을 때 행사장에 이런 현수막이 붙어 있었다. 이과생도 아니고 학창시절 그렇게 공부를 잘했던 편도 아니라서 저 문구에 크게 공감할 수는 없었다. 그럼에도 불구하고 고3 때 대입 수시 합격 메세지를 확인했을 때만큼이나 감동적이긴 했다. 달리기가 끝난 순간에도 끝났다는 게 믿어지지 않았다. 결승점에 들어와 후들거리는 다리로 Finisher 메달을 받기 위해 부스로 향했다. 행사장 내 수많은 인파를 뚫고서 메달을 받았다. 눈앞에 42.195km라 새겨진 글자를 보자 속에서부터 뜨거운 것이 올라왔다.

"42.195km도 뛰었는데 뭔들 못하겠어."

마라톤 완주는 곧 자존감 회복으로 이어졌는데 대체 이 메달을 어떻게 딸 수 있었던 걸까. 매주 나갔던 달리기 동호회 덕분일까. 아니면 꾸준히 이어온 크로스핏 운동 때문이었을까. 운동에 운 자도 몰랐던 어린 시절부터 시작해 그동안 함께했던 사람들이 머릿속을 주마등처럼 스쳐 지나갔다.

아무것도 몰랐을 땐 마라톤이라는 게 단지 오랜 시간 혼자서 고독하게 뛰는 운동이라 생각했었다. 풀을 뛰고 난 후 돌아보니 수많은 사람들이 내가 뛴 길에 함께 있었다. 주로에서 같이 뛰는 러너뿐만 아니라 구간마다 응원하는 사람들까지 모두 다 한마음으로 마라톤이라는 축제를 함께 즐겼다. 한 사람 한 사람이 만들어낸 주로 풍경 덕분에 쉬지 않고 달릴 수 있었던 거고. 정말이지 그 모든 시간, 그 모든 사람들이 없었다면 풀은 완주하지 못했을 거라는 생각이 들었다. 기록도 메달도 마라토너라는 호칭도 이 깨달음보다 더 값진 건 없었다. 그렇게 달리기 덕분에 내 안에 공동체 의식 또한 생겨났다.

솔직히 풀 마라톤을 뛰었다고 해서 갑자기 달리기를 엄청 잘하게 되거나 체형이 변하지는 않는다. 그래도 사람관계가 버겁게 느껴질 때, 내 인생만 왜 이러나 싶을 때 달리기는 꽤 도움 되는 운동임이 틀림없다. 나는 풀 덕분에 나 자신과 내 주변 사람들을 조금 더 사랑하게 됐으니까. 혹시나 이 글을 읽는 당신이 러너라면, 그리고 마라톤 대회를 염두하고 있다면 꼭 한번 풀 마라톤에 도전해보라 권하고 싶다. "하프는 연주하는 거죠" "풀은 딱풀이죠"를 외치던 체육 무능아인 내가 뛰었으니 누구든 충분히 해낼 수 있으리라 생각한다.

나답게 사는 데
도움되는 운동, 달리기

"페이서님 아니세요? 페이서님! 미라클 런~!"

처음엔 이 여자분이 지금 대체 누굴 부르나 했다. 던킨의 먼치킨 도넛처럼 동그란 눈으로 날 보는 사람을 향해 떨떠름하게 고개를 끄덕였다. 누군지 알아서 그런 것도 아니었고 나를 부르는 게 맞는지 확신해서도 아니었다. 단지 내 기억 속 소중하게 자리한 '미라클 런'이라는 네 글자 때문이었다.

귀가 아플 정도로 매미가 울어대던 한여름이었다. 루게릭 요양병원 설립을 돕기 위한 〈미라클365 런 대회〉가 열리던 상암의 어느 공원. 나는 다소 긴장한 채 스무 명이 넘는 사람들 앞에 서 있었다. 왼손에는 블루투스 스피커, 오른손에는 스마트폰 러닝 레코드 앱을 켠 채 머릿속으로 오늘의 러닝 루트를 계속해서 떠올리고 있었다. 달리기 대회 페이서Pacer를 맡게 되면서 전날 얼마나 긴장하고 노심초사했던가. 사전에 코스 답사를 했는데도 불구하고 구글 지도를 몇 번이나 보고 또 보길 반복했다. 혹여나 내가 이끄는 그룹이 달리다가 템포가 떨어지지 않을까 걱정되는 마음에 저녁 늦게까지 100곡이 넘는 곡을 일일이 골라가며 선곡했다. 이렇게 만든 플레이리스트는 대회가 끝난 이후로도 달릴 때마다 꽤 많이 재생했다. 굳이 '미라클런'이라는 이름 또한 변경하지 않을 만큼 음악으로나마 오래오래 그날을 추억하고 싶었다. 그런 대회에서 몇몇 생각나는 사람이 있는데 "보행자 조심." "멈출게요." "한 줄~" "오른쪽으로 갈게요." 바로 내 뒤에서 달리기 구호를 잘 따라 해준 여성 두 분이었다. 스스로를 여대에 다니고 있으며 체육학과라고 소개했던 게 떠오르자 머릿속에 초록 신호가 켜지는 것 같았다. 빨리 말을 꺼내서 둘 사이의 거리를 좁히라고 깜박깜박 불을 밝히고 있는 거였다.

"혹시 그때 친구분이랑 제 뒤에서 같이 뛰던?"

J는 세상 밝게 웃으며 맞다고 대답했다. 그때부터였다. J에게 관심이 가기 시작했던 게. 우리는 스포츠 브랜드 나이키에서 진행하는 러닝 세션에 참여하고 있었다. 나이키 매장에서부터 시작해 강남대로변을 뛰었다 돌아오는 씨티런 세션이었다. 뛰는 내내 도란도란 얘기를 나눴다. 달리면서 대화를 이어가는데 무리가 없었고, 한 시간 남짓한 시간 또한 서로를 알아가는데 부족함이 없었다. 나는 J에게 달리기를 시작한 이유에 대해 물었다. 스무 살이면 한창 놀 나이인데 어떻게 달리게 됐냐고.

"어릴 때 캐나다랑 미국에서 잠시 살다 왔거든요. 돌아와서 한국에 적응하기가 어려웠어요. 고1부터 고3 때까지 너무 힘들어서 뛰기 시작했어요. 새벽 2시까지 독서실에 있다가 2시부터 3시쯤까지 한강을 뛰었죠."

J의 눈동자가 반짝였다. 목소리는 마치 달리기가 자기 삶을 구원했다는 듯 희망에 차 있었다.

"뛰는 게 좋아지고부터는 활동적인 걸 하고 싶어졌어요. 그러다 보니 체대 입시를 마음먹은 거죠! 한체대는 못 갔어요. 실기 점수가 그 정도는 못 돼서……."

신호가 걸렸고 우리는 잠시 대기하게 됐다. 체대 입시는 잘 모르는데 실기가 어느 정도 돼야 하냐고 내가 물었다.

"윗몸일으키기 2분에 122개씩. 그 외에 달리기 종목도 있는데요. 몸이 가벼워야 잘 뛰니까 그땐 샐러드 먹으면서 살을 많이 뺐었어요."

신호가 파란 불로 바뀌고 다시 뛰기 시작했다. 시계를 보니 km당 6'00" 페이스가 뜨고 있었다. 우린 벌써 3km를 지나오고 있었다. 말을 하며 뛰는데도 거뜬하게 뛸 만했다. 고3 때의 나라면 상상도 못할 일이었다. 아무렴 체대생과 함께 강남 거리를 뛴다는 걸 10년 전 내가 꿈꿔보기나 했겠는가. 체육이라면 늘 젬병이었고, 대학 입시도 체대와는 정반대인 문학특기자 전형으로 입학했다. 고등학생 J가 윗몸일으키기 1분에 60개를 할 때 나는 책상 앞에 앉아 원고지 60매에 달하는 소설을 썼고, J가 체육 실기 준비를 위해 신체를 단련할 때, 수시 면접에 맞춰 백일장 수상 경력과 공모전 수상 작품을 한데 모아 포트폴리오를 만들고 있었다. 자석의 N극, S극처럼 상이한 우리에게 그나마 공통점이 있다면 불안했다는 게 아닐까. 원하는 학과, 원하는 대학에 가지 못할까 하루하루 초조해하며 10대를 보냈다는 것 정도?

어릴 때를 떠올려보면 대학을 못 가면 인생이 끝나는 줄 알았다. 한국에서 대학이란 사람이 꼭 거쳐야 하는 관문 같은 것이었다. 어려서부터 나와 내 친구들은 하늘을 올려다보는 시간보다 소위 SKY로 간주되는 좋은 대학 가라는 조언을 듣는 시간이 더 많았다. 학교 수업이 끝나면 학원으로 또는 과외로 뺑뺑이를 돌았다. 남들보다 뒤처지지 않기 위해서 부단히 노력해야 했다. 유행처럼 돌고 도는 사교육은 커뮤니티를 만들어냈고 거기서 벗어나면 또래 그룹에서 뒤처진 아이가 됐다. 10대 때는 시험 성적에 따라 나란 사람이 쓸모 있는 인간인지 아닌지가 판가름됐다. 엄마 또한 그걸 내게 매 순간 주지시켰고 하고 싶은 공부를 하더라도 이왕이면 대학을 가라고 했다. 대학을 갈 거면 서울로 가라고 했다.

"한국 교육열이 워낙 심해야지 말이지. 그래도 새벽에 뛰면 무서웠겠다."

내가 안타깝다는 듯 말하자 J는 전혀 무섭지 않았다고 대답했다. 도리어 답답했던 속이 뻥 뚫려서 좋았다고. 그런 J를 보고 있으니 이상하게 자꾸 웃음이 났다.

"그래도 한체대나 이런 데는 기회가 많은데…… 구직할 때 현업에 선배들이 많아서 좋거든요. 저희는 여대라서 기회가 적어요."

J가 침울한 목소리로 말을 이었다. 어린 시절 내가 그랬듯 J는 열심히 달리고 있는 도중에도 구직에 대해 걱정하고 있었

다. 대학 입학 다음엔 회사 취업, 취업 다음엔 결혼. 남들이 좋다고 말하는 경로에서 이탈되지 않기 위해 J 또한 나처럼 안간힘을 다할 것 같았다.

"아직 어린데 벌써부터 그런 고민 하지 마. 스무 살이면 뭐든 다 해볼 만한 나이잖아."

"어리긴요. 여대는 스물네 살만 돼도 나이가 많은 걸요? 연합동아리 하면서 남녀공학도 봤는데 스물여덟 살이 있어서 놀랐다니까요. 저희는 그런 나이가 거의 없어요. 군대 가는 사람이 없으니까. 다들 스트레이트로 졸업하고."

J는 다시 비교를 하기 시작했다. 침울한 표정이었다. 저성장 시대에 일자리는 줄어들고 물가는 갈수록 높아지는데, 그만큼의 연봉을 보장해주는 회사가 적기 때문일 터였다. 내가 대학 다닐 때도 청년 취업률이 매해 최저를 찍고 대학은 취업 준비소로 전락해버렸다는 기사가 자주 보도됐다. 모두가 한 곳을 바라보고 바쁘게 달리는 환경 속에서 작가로 밥 벌어먹고 살 수 있냐는 질문에 나는 침묵할 수밖에 없었다. 머리로는 다르게 살길 원했지만 열심히 취업 준비를 했다. 20대 중후반에 가까스로 대기업이라 분류되는 곳에 입사를 했고, 계약직을 거쳐 정규직이 됐다.

"길이 없으면 길을 먼저 뚫어보는 게 어떨까? 내가 보기엔 뭐든 충분히 잘할 것 같은데."

틀에 맞춰 살아가려 그렇게도 아등바등거렸던 내가 스무 살 J에게 이토록 무책임한 말을 꺼내다니 꽤나 자조적으로 느껴졌다.

"사실…… 저 영어회화 아르바이트하고 있었거든요? 그런데 이제 그만두고 배스킨라빈스 일해보려고요."

대화가 난데없이 아이스크림으로 튀자 "아이스크림?" 하고 되물었다. J가 생긋 웃어 보였다.

"아이스크림 좋아하거든요! 좋아하는 건 꼭 해보고 싶어서. 사실 저는 친척분이 나이키 본사에 다녀요. 팁도 좀 얻을 수 있을 것 같긴 한데…… 일단은 아이스크림을 정말 좋아해요!"

'좋아하는'이라는 말에 방점을 찍고 눈을 반짝이는 J를 보며 작가가 되고 싶어 했던 옛날 내 모습이 떠올랐다. 사람이 좋아하는 것을 상상할 때면 으레 나오곤 하는 행복한 표정, 그 미소가 J의 입에 걸쳐져 있었다. 달리기를 시작한 계기, 좋아하는 걸 꾸준히 찾으려는 태도가 보여주듯 사방이 어둡고 불안한 가운데서도 자기 길을 알아서 잘 찾아갈 친구였다. 그날 우리는 총 5.5km를 뛰었다. 첫 러닝 세션 참여라 겁먹었는데 생각보다 뛸 만했다고 J가 말했다. 체대라서 운동도 많이 할 텐데 이렇게 또 러닝하는 거 안 지겹냐고 되물었다.

"러닝은 완주만 해도 뭔가 했다는 느낌이 들잖아요. 인정해 주고. 그래서 러닝을 하게 된 것 같아요. 계속하는 이유이기도 하고요."

가끔 어떤 말, 어떤 문장은 듣는 순간 머리에 꽂혀 오래도록 잊히지 않는 경우가 있었다. 그 순간 J의 말이 그러했다. 생각해 보면 러닝은 자기 자신에게 집중하는 운동이었다. 달릴 때 저 사람보다 더 빨리 달려야지, 내 앞에 있는 사람을 따라잡으려고 이 악물고 뛰는 사람은 없었다. 움직이고 있는 그 순간에 집중했고 완주할 때까지 멈추지 않는 힘이 중요했다. 러닝과 마찬가지로 사실 우리네 인생도 그렇게 크게 무언가가 되려고 노력하지 않아도 괜찮을 것이다. 그저 끝까지 완주만 한다면. 주어진 것들에 감사하며 매 순간 열심히 살아내기만 한다면 그 사람의 삶은 멋진 인생이지 않을까.

한 사람이 꼭 모두가 바라는 모습으로 성장해야 하는 걸까. 사람마다 주법이 다르고 보폭이 다르며 발 사이즈도 다르고 신고 있는 신발도 다 다른데 말이다. 남들한테 싫은 소리를 덜 듣기 위해 모두가 바라는 모습이 되려 할 때 우리는 그저 무색무취에 더없이 평범해질 뿐이다. 인간은 영원하지 않기에 애초에 불완전한 존재다. 그러니 산다는 건 불안한 것이며 불안함 속에서 흔들릴지라도 살아내기 위해 그 속에서 어떻게든 또 자기 중심을 찾아가는 게 인간이다.

J가 달리기를 통해 소소한 성취를 이어나가며 자신감을 길러 냈듯, 남들이 볼 땐 불완전할지라도 나답게 살아가는 것이 어쩌면 가장 건강한 사이클로 돌아가는 게 아닐까. 팽이란 넘어 질 듯 말 듯 불안하게 돌아가고 있을 때 비로소 팽이의 역할을 다하는 것처럼.

세상에 갈 곳은 많고
뛸 곳도 많지

　행복을 주는 최고의 활동은 여행이라고 한다.

　서울대학교 행복연구센터장 최인철 교수가 말하길 여행을 통해 우리는 걷기, 놀기, 말하기, 먹기와 같이 인간에게 행복감을 줄 수 있는 모든 행동을 다 할 수 있다고. 그러니 여행은 일종의 행복 종합 선물세트, 또는 행복 뷔페 같은 것이라고 해야 할지도 모르겠다.

여행과 별개로 일상에서 가장 행복감을 많이 느낄 때는 운동할 때와 산책할 때라고 한다. 그렇다면 그 좋다는 여행에 운동까지 곁들여진다면 어떠할까?

달리기를 시작한 후로 나는 여행지에서도 아침마다 러닝을 했다. 꼭 해야만 한다는 의무감으로 달린 건 아니었다. 낯선 곳이라 아침마다 저절로 눈이 떠졌고 길도 익힐 겸 동네를 좀 구경하고 싶어서였다. 해가 좀 나온다 싶으면 마실 가듯 뛰러 나갔다. 뛸 거리를 미리 정해놓고 달린 건 아니었지만 적게는 5km 많게는 10km 정도를 달렸다. 길이 좀 편하게 나 있으면 줄기차게 뛰었고 불편하다 싶으면 마음 편히 걸었다. 중간중간 자주 멈추기도 했다. 예쁜 곳이 나오면 한참을 멍하니 앉아서 구경하거나, 신기한 광경을 보면 질릴 때까지 그것들을 가만히 보고 있기도 했다. 강을 따라 뛰다 만난 바다를 보고서 나도 모르게 눈물을 흘린다거나 서서히 떠오르는 일출에 경탄하는 것, 처음 듣는 전통악기 연주를 버스킹이 끝날 때까지 앞에서 쪼그리고 앉아 있는 게 이에 속했다.

달리다 길을 모르겠을 때는 구글 지도를 켰다. 여행지에서는 주로 러닝용 시계 대신 암밴드(러닝 시 팔에 두르는 밴드형 핸드폰 케이스)를 차고 뛰었는데 스마트폰 하나만 있으면 길을 찾는 데 무리가 없었다. 물론 이건 어디까지나 인터넷이 된다는 전제하에서의 말이었다. 인터넷이 안 될 때에는 왔던 길을 복기한 후 다시 돌아 뛰어가야 했다. 막다른 길이 나왔을 때도 마찬가지였는데 보통은 왕복 한 번, 길을 헤맬 때는 두세 번 반복해서 같은 장소를 뛰었다. 여러 번 똑같은 곳을 뛰다 보면 처음 간 여행지가 더 이상 낯설게 느껴지지 않았다.

저쪽 강 너머에 있는 와이너리, 이쪽 길 끝에 위치한 기념품 숍, 지도에도 없는데 은근히 사람들이 많이 가는 로컬 카페, 다리 하나만 건너면 나타나는 번화한 상권. 직접 발로 뛰며 얻은 정보들은 머릿속에 젠가처럼 차곡차곡 쌓여갔다. 이렇게 체화된 것들은 그 이후의 여행에서 유용하게 활용되곤 했다. 식당을 찾아갈 때나 지인들의 선물을 살 때 다리가 알아서 먼저 움직였다. 마치 예전에 여기를 와봤던 것처럼 행동하게 된다고 해야 할까. 그것은 비단 혼자만의 여행이 아니라 동행이 생겼을 때도 마찬가지였다.

"오전에 뛰다가 발견한 식당이 있는데 말이야. 거리는 좀 있는데 인테리어 너무 예쁘더라고? 게다가 구글 평점도 높아."

그렇게 찾아간 가게들은 늘 기대 이상이었다. 자유 여행일 때는 미리 여행 계획을 세워두지 않는 편이라 달리기를 통한 사전 답사는 매번 도움이 됐다.

예로 평점이 너무 좋아서 방문 전 예약이 꼭 필요한 와이너리 투어가 있었다. 전화도 안 받고 이메일로 예약하기에도 시간이 촉박했다. 혹시나 하는 마음으로 그날 아침 뛰러 나갈 루트를 와이너리 근처로 정했다. 언덕배기에 위치한 와이너리까지 달려가니 리셉션 오픈 시간과 딱 맞아떨어졌다. 예약을 완료하고 숙소로 돌아와서 아침을 먹었는데 밥맛이 그렇게 좋을 수 없었다. 포르투 와이너리 투어는 명성만큼 좋았고 그렇게 달리기를 통해 또 하나의 소중한 경험을 쌓을 수 있었다.

지금까지 말했던 여행지 달리기의 무수히 많은 장점들 중 뭐니 뭐니 해도 가장 좋은 건 바로 현지인의 생활에 러너로서 함께 어울릴 수 있다는 거였다. 에어비앤비의 유명한 캐치프라이즈인 "여행은 살아보는 거야"처럼 달리기는 그곳에 사는 사람들의 일상 속에 '나'라는 외부인을 서서히 스며들게 해주었다. 가령 외국의 시골 마을로 여행 갔을 때 이제 막 문을 여는 과일 가게의 분주함을 보게 되거나 아침 조업을 위해 출항하는 어부들을 발견할 수 있었다. 이국의 시가지로 여행 갔을 땐 출근하는 직장인들, 아침 운동하러 나온 동네 주민들을 보게 됐다. 그들은 생김새도 의복도 쓰는 어투도 모두 달랐다. 여행지마다 갖고 있는 고유한 풍경을 찬찬히 들여다보면 어느 순간 문득 거기에 속하고 싶다는 생각이 들기도 했다. 그럼 그다음에 할 일은 이제 막 문을 연 과일 가게에 들어가 과일을 사거나, 어부들에게 친한 척 인사를 건네보는 것처럼 적극적인 행동이 아닐까? 실제로 뛰다가 만난 현지 러너와 눈인사를 하거나 길을 묻기도 했다. 대화를 트다 보면 운 좋게 친구가 될 수도 있었다.

"달리기 기록하고 싶어서 그러는데 사진 좀 찍어줄 수 있겠니?" 러너들에게 휴대폰을 건네고 사진 찍어달라 부탁하면 100이면 90은 거절하지 않고 응했다. 대부분 어느 나라에서 왔냐고 호기심을 갖거나 예전에 이곳에서 달려본 적 있느냐고 궁금해했다.

"한국인이야, 이곳이 처음이고."

그러면 그들은 놀라면서도 좋아했다. 한국이란 나라를 잘 모르겠다는 듯 고개를 갸우뚱거리거나, 북핵 얘기를 꺼내며 당황케 하는 사람도 있었지만 대부분은 긍정적인 신호를 보냈다. 아마 운동이 삶을 건강하게 만든다는 데 모두들 암묵적으로 동의하고 있어서일 테다. 피부색도 언어도 다른 이방인이 여기까지 와서 열심히 뛰고 있는 모습을 보면 웬만하면 제 일처럼 응원해주기 마련이었다.

오히려 외국에 나가면 같은 한국인 분들이 나를 더 이상하게 보는 경우가 많았다. 굳이 왜 여기까지 와서 뛰냐고 묻는 한국인 아주머니를 만난 적이 있었다. 왜 뛰냐고 물으면 딱히 할 말이 없었다. 그냥 뛰고 싶어서? 영화 〈포레스트 검프〉의 포레스트처럼 말할까 싶다가도 실례일 것 같아 그냥 웃었다.

그때 아주머니를 만난 건 스페인 구엘공원의 유료존 안이었다. 아침 한정 무료 입장이라 가우디 작품을 보러 온 사람들로 어딜 가든 인산인해였다. 작품을 보러 온 건지 사람을 보러 온 건지 알 수 없을 만큼 복잡하고 정신이 없었다. 나는 새벽부터 일어나 여길 왔지만 유료존보단 달리기가 더 좋았다. 이미 6km 이상을 뛴 상태였다. 기록을 10km까지 채우고 싶은 마음에 유료존을 나와서 공원 안을 달리기 시작했다.

같은 길을 여러 번 반복해서 뛰었다. 어디 새로운 길이 없을까 궁금해하던 차에 세상 시원하게 잘 달리는 현지인 러너를 보게 됐다. 호기심에 그를 뒤좇아서 난생처음 보는 길로 뛰어갔다. 따라가다 보니 어떤 언덕길을 오르게 됐다. 돌이 무성했고 관광객 한 명 보이지 않았다. 간간이 몇몇 러너들만 훈련 차이 언덕을 오르내렸다. 경사가 심하게 가파른 언덕이었고 정말이지 하드 트레이닝이었다. 달리면서도 이런 곳에 일반인이 올라올 수나 있을까? 의문이 들었다.

다 오른 정상에는 형형색색의 조그마한 조각들이 전시되어 있었다. 가우디가 만든 건지는 모르겠으나 건축 양식이 비슷했다. 이렇게 외진 곳에 무언가 전시돼 있다는 것 자체가 신비롭기 그지없었다. 정상에서 보는 바르셀로나 전경도 정말이지 기가 막혔다. 나도 모르게 "아……!" 하고 탄성이 흘러나왔다. 360도로 펼쳐지는 계획도시 바르셀로나의 웅장함, 건물과 건물 사이를 가로지르는 선의 미학에 한참이나 멍하니 매료돼 있었다. 가쁜 호흡을 고르고 서 있노라면 저기서 태양의 나라 스페인을 증명하듯 둥근 해가 이글이글 불타고 있었다. 언덕을 내려오면서는 아, 이래서 구엘공원이 산을 깎아 만든 정원인 거구나. 여행지의 지리적 요건에 대해서도 한번 더 생각하게 됐다. 이른 아침 구엘공원 유료존에서 느꼈던 실망감은 어느새 내 머릿속에서 아스라이 사라져버렸다.

달리다 만나게 되는 멋진 장소와 감동적인 풍경을 이렇듯 말과 글로 표현할 수는 있다. 하지만 상대방의 마음을 진짜로 움직이기는 어렵다. 여행 달리기의 매력은 두 발로 직접 달려본 사람만이 느낄 수 있는 것일 테다. 그러니 남들 다 가서 북적이는 곳, 인증샷만 찍고 오는 그런 여행 말고 내가 직접 발로 뛰며 찾아가는 여행을 누리고 싶다면 이제 달리기를 해보는 게 어떨까? 사람들이 좋다는 곳이 아니라 낯설고 손때 타지 않은 곳에 더 눈길 가는 사람이라면. 다른 사람이 했던 걸 복습하기보단 나만의 여행 루트 만드는 걸 좋아하는 사람이라면 한번쯤 뛰어볼 만하지 않은가.

서울에
계속 산다는 것

서울이란 곳에 산 지 벌써 10년째다. 10년이면 강산도 변한
다는데 서울살이는 어떻게 지금도 버겁기만 한지. 좀 살 만하
다 싶으면 이사를 해야 했고 기숙사에서 월세로, 월세에서 전
세로…… 내가 사는 곳은 계속해서 중심부에서 멀어져갔다.
아침마다 서울에서 제일 길다는 8호선-2호선 환승 구간을 종
종걸음으로 건너갈 때면 내가 사는 곳이 서울인가 싶을 때도

있었다. 닿을 듯 말 듯한 거리감 때문인지 10년이 지난 지금도 나는 서울에 대해 더 알고 싶었다. 대체 이곳이 어떤 곳이길래 뭐가 그렇게 대단하길래 어릴 때부터 어른들이 인서울을 그렇게 표어처럼 강조해왔는지, 모로 가도 서울로 가라는 말이 왜 나왔는지 궁금했다. 어쩌면 나는 서울과 길고 지난한 썸을 타고 있는지도 몰랐다.

작년 9월 동갑내기 친구들과 함께했던 서울 스탬프 러닝 챌린지는 서울을 알아가기에 이보다 더 좋은 루트가 없다 싶을 정도로 재미있는 경험이었다.

#서울스탬프러닝챌린지

서울을 12개 구로 나눠서 6주 동안 달린다. 달린 후에는 보상으로 서울 스탬프 마그넷을 받을 수 있다. 12개의 서울 스탬프 마그넷은 각각의 구 모양을 본떠서 나무로 만든 자석이다. 12개 구를 모두 달려 자석을 수령한 후 연결하면 서울 모양의 지도가 완성된다.

이 챌린지는 참여자 전원이 호스트이자 게스트가 된다. 기본적으로 본인이 살고 있는 동네 위주로 각 구의 호스트가 정해진다. 호스트가 되면 담당 구의 자석을 챌린지 전체 인원만큼 미

리 받아서 러닝 루트를 계획할 수 있으며 기본적인 참여 방식은
아래와 같다.

1. 호스트가 본인이 맡은 구의 러닝 루트를 계획하고 함께 뛸 게
   스트들을 모집한다.
2. 모집된 게스트들과 담당 구를 달린다. 달리고 난 뒤에는 게스
   트들에게 리워드로 미리 받은 자석을 나눠준다.
3. 마찬가지로 다른 날, 호스트는 본인이 맡지 않은 구의 게스
   트가 된다. 그 구를 뛰고 난 후 게스트로서 자석을 받는다.

* 단, 피치 못할 사정으로 각 구에 배정된 호스트가 러닝을 주최하지
못할 때는 뛰고 싶은 사람이 허락을 구한 후 임시 호스트가 돼서 역
할을 대리 수행할 수 있다.

나는 챌린지 기간 동안 서대문구·마포구·은평구의 호스트
로 참여했다. 이곳은 대학 때부터 내리 9년을 산 동네라 유난
히 애착 가는 곳이 많았다. 러닝 코스 짜는 것부터 사전 답사,
세 번의 호스트 주최 러닝까지 꽤 열심히 참여했다. 함께 마포
구 호스트를 담당하고 있는 친구들과 너무 자주 만나서 '토토
마(토요일 토요일은 마포를 달린다)'라는 소규모 프로젝트 러
닝 크루를 결성할 정도였다.

동네 기반 결집 현상은 어쩌면 당연한 수순이었을지도 모르겠다. 보통의 러닝 크루는 동네 기반으로 조성되고 운영됐으니까. JSRC(잠실 러닝 크루), SLRC(석촌호수 러닝 크루)와 같은 서울의 중대형 러닝 크루의 시작도 대부분 동네 기반으로 결속됐다. 아무튼 이 챌린지 덕분에 우리는 본인이 사는 동네를 더 사랑하게 되고 잠시나마 장長이 되어 리더십을 발휘해볼 수 있었다. 물론 한정된 시간 안에 모든 구의 자석을 모아야 했기에 애로사항도 많았다. 대부분이 직장인이라 웬만해서는 평일 저녁 달리기가 힘들었다. 주말마다 러닝 세션이 겹치는 경우도 많았다. 그렇게 어영부영 며칠을 보내다 보면 어느새 챌린지 마감일이 성큼 다가와 있는 거였다. 마감 일자가 다가올 때면 다급한 마음에 너나 할 것 없이 호스트 대리인이 되겠다 자청하기 시작했다.

"오늘은 내가 강남구 열게."

"다음 주 화요일 마포구 뛸 사람?"

"이번 주 금요일은 양천구 내가 연다. 필요한 사람 자석 받으러 와."

자석을 구하기 위해 선뜻 손 드는 사람들이 늘어나자 종국에 가서는 거의 매일같이 세션이 열리게 됐다. 오늘 동대문구를 가면 내일은 강남구를 가고 모레는 강서구를 뛰러 가는 식이었다. 학창 시절에도 벼락치기의 달인이었던 나 또한 마찬가지였다. 마지막 일주일을 내리 달렸다. 월요일 관악·동작구, 수요일 종로·성북구, 목요일 용산·중구, 금요일 동대문·중랑구, 토요일 오전 영등포구, 토요일 오후 노원구. 정말이지 말도 안 되는 살인적인 달리기 스케줄이었다.

손바닥만 한 나무 자석에 구를 대표하는 아이콘 하나 새겨진 것뿐인데 이게 뭐라고 이렇게 열심히 뛰나 이상했지만 하면 할수록 마약같이 끊을 수가 없었다. 자석은 따로 살 수도 없고 획득할 수 있는 기간 또한 정해져 있으니 딱 한정판 유니크 아이템과 비슷했다. 심지어 나처럼 생각하는 사람들이 수십 명 모여 있는 단톡방에서 매일같이 챌린지 얘기가 나온다고 생각해보자. 자석을 받기 위한 달리기가 더 특별해질 수밖에 없었다. 홍길동처럼 동에 번쩍 서에 번쩍 뛰다 보니 두 다리는 도통 남아나질 않았다. 서울 모양 자석을 다 완성하고 정형외과에 갔더니 골막염 진단을 받을 정도였다. 챌린지가 끝난 후 보름 동안 걷는 것 빼고는 달리기도, 크로스핏도 아무 운동도 하지 못했다. 매일 하던 운동을 못하게 되니 답답할 때가 많았지만 그렇다고 딱히 후회는 없었다. 마라톤 대회가 아니고서야 이렇게 달리기에 몰입해본 게 언제였는지 영 가물가물했기 때문이었다. 정말이지 넌더리가 날 정도로 서울 구석구석을 달렸다.

그리하여 세상에 단 하나뿐인 서울 지도가 완성됐다. 이건 직접 발로 뛰어가며 만든 나만의 지도였다. 잘 때 침대 머리맡에 놓인 서울 모양 지도를 보고 있으면 괜히 뿌듯하기도 했다. 이 지도에 담긴 6주간의 땀, 추억만으로도 챌린지는 충분히 가치 있었다.

서울에 계속 산다는 건 어떤 의미일까?

20대 후반부터 친구들은 자기가 살 곳을 서서히 찾아갔다. 어떤 친구들은 지방 발령으로 서울을 벗어났고, 어떤 친구들은 '외노자'로서 한국을 떠나갔다. 뿔뿔이 흩어진 친구들과 연락하다 보면 '너 아직 서울 살아?'라는 말이 으레 흘러나왔다. 그러고 보면 나는 꽤 오래 서울에 살고 있었다. 왜일까. 가족도 연고도 없는 이곳 서울이 뭐가 좋다고 계속 뿌리내리고 있는 걸까.

고민하다 보면 6년 전, 처음 자취방을 구한 후 전입 신고하던 날이 떠올랐다. 동사무소를 나오던 길, 주민등록상 거주지 주소가 서울특별시로 바뀐 것뿐인데 이상하게 가슴이 뛰었다. 이게 뭐라고 내가 특별한 사람이 된 것 같았다. 한강에 가서 맥주라도 마시면 좋겠네 생각하면서도 발걸음은 집으로 향했다. 미처 풀지 못한 이삿짐을 정리하고 5평짜리 방 침대에 누워 천장을 보는데 바보처럼 실실 웃음이 났다. 눈을 감으면 한강의 불빛이 보이는 것 같았다. 늦은 밤에도 불이 꺼지지 않는 도시, 그 불빛 때문에라도 좀체 희망을 놓을 수 없는 도시, 이곳 서울에 드디어 나 혼자만의 힘으로 온전히 살아가게 된 것이었다. 솔직히 그때까지만 해도 앞길이 마냥 꽃길인 줄만 알았다. 서른이 넘은 지금까지도 방 한 칸, 한 칸 반을 전전하며 옮겨 다닐진 몰랐으니까.

그래도 아직까지는 서울에 살고 있다. 이 넓은 땅에서 마음에 드는 집을 구한다는 건 여전히 풀리지 않는 미로를 헤매는 기분이다. 그래도 골목골목 새겨진 추억들과 함께하는 사람들 덕분에 아직은 서울이 좋다고 조금 더 여기서 살아보고 싶다고 생각하고 있다. 덕분에 또다시 서울이란 도시와 길고 지난한 줄다리기를 이어가게 될지도 모르겠다. 이 정도면 꽤 열심히 착하게 살고 있는데 언젠가는 서울이 날 받아주지 않을까, 마음에 드는 곳에 살 수 있지 않을까. 그렇게 그리면서 말이다.

너네 동네인데
여기를 안 가봤다고?

돈을 모아보려고 제일 먼저 한 일은 자취방을 옮기는 일이었다. 지출을 좀 줄여보려고 아득바득 전세로 집을 구했는데 어쩌다 보니 언덕 위, 역에서 먼 곳, 서울에서 제일 긴 지하철 환승 구간을 거쳐야 통근이 가능한 동네에서 살게 됐다. 오래된 주택이었지만 리모델링을 해서 외관이나 내부가 깨끗하다는 것 빼고는 별다른 이점이 없었다.

새로 옮긴 동네는 정 붙이기도 쉽지 않았는데 역에서 내리면 주변이 왜 이렇게 복잡하기만 한 건지, 지하도와 백화점이 연결돼 있는 것도 백화점 뒤로 로데오거리라 이름 붙인 술집들이 즐비한 것도 영 마음에 들지 않았다. 그곳을 지나쳐 걷다 보면 재개발 현장과 함께 간판, 열쇠, 현수막 제작 업체들이 테트리스 맞추듯 얼기설기 붙어 있었다. 그야말로 어둡고 황량하기 그지없었다. 그나마 있는 공원도 아침부터 저녁까지 할아버지, 할머니들로 북적거렸다. 어디 하나 마음 둘 곳이 없었다. 그러니 집에 들어가면 집 밖을 벗어날 일도 없었다. 너무 급하게 집을 구한 건 아닐까. 있는 예산에 맞춰서 어떻게든 월세를 벗어나보고자 전셋집을 찾다 보니 전혀 생뚱맞은 동네에 살게 되었다. 게다가 나는 러너였는데 말이다.

"너네 동네인데 여길 안 가봤다고?"

한 러닝 크루의 장을 맡고 있는 오빠와 잠실을 달리던 참이었다. 이사 오고 나서는 동네를 단 한 번도 뛰어본 적이 없었다. 내가 고개를 끄덕이자 오빠는 토끼눈을 뜨고서 질책하듯 말했다.

"여기가 얼마나 뛰기 좋은 곳인데! 이쪽 살면서 안 뛴다는 건 말이 안 되는데?"

'이쪽'이란 범주는 참 넓은가 보다. 잠실이 우리 동네라고 할

수 있는가. 지하철역으로만 따져도 세 정거장이나 차이 나는
데.

"잠실, 천호, 올림픽공원 이 라인이 '런세권'이야. 네가 아직
몰라서 그러는데 이쪽으로 좀만 가면 너네 집 나오고 너네 집
에서 10분만 뛰면 올림픽공원 나온다고."

오빠는 러너답게 지리 분석도 체감형 달리기 시간으로 말해
주었다. 말마따나 정말로 런세권인지는 모르겠지만 그 후로도
한참을 뛰기 좋은 곳에 대해 소개 받았다. 아산병원 옆은 남들
이 잘 모르는 벚꽃 명소다, 올림픽공원에 오면 평화의 문 앞에
서 러너들이 꼭 사진을 찍는다, 이쪽 기반 러닝 크루들은 이 벽
화 앞에서 자주 쉬어간다 등등등. 5'30" 페이스로 10km를 뛰는
데도 말을 이렇게 많이 할 수 있다는 게 신기할 정도였다. 동네
를 훤히 꿰고 있는 러너답게 당연히 아는 것도 많고 아는 사람
도 많았다. 뛰다가 마주치는 사람들이 인사를 건네오는 건 일
상이었고 달린 뒤에는 어디냐고 연락 오는 사람들도 많았다.
덕분에 처음 보는 러너들과 안면도 트고 맥주도 마시게 됐다.

"롯데월드타워 지하 마트에서 캔맥주를 산 후에 5층으로 올
라가면 긴 벤치가 있어. 거기서 맥주를 마시면 크으… 야경이
예술이야."

거짓말처럼 탁 트인 조망이 오빠 말대로 정말 예술이었다.

어두운 밤. 도로에는 차들이 저마다의 빛을 뿜어내며 길을 환하게 밝히고 있었다. 4,000원에 이런 멋진 야경을 볼 수 있다니 이제는 신봉해야 했다. 이 사람이 이 동네 '찐 러너'라는 걸.

"대체 이런 꿀팁은 어떻게 아는 거예요?"

"뛰다 보면 알게 돼 있어. 그러니까 너는 축복받은 동네에 살고 있는 거라니까?"

그 밤, 처음으로 이 동네에 둥지를 튼 게 그리 나쁘지만은 않은 것 같다 생각하게 됐다.

오래 사귀다 헤어진 연인의 빈자리가 유난히 크게 느껴지듯 사람은 대개 뭔가가 없어졌을 때 그것에 대한 소중함을 깨닫곤 했다. 내게는 이전에 살던 동네가 그랬다. 집 밖을 나와 신호등 하나만 건너면 천변이 있던 다세대 건물 3층에 5년을 살았다. 봄이면 하천 옆 자전거 도로를 따라 개나리, 벚꽃이 흐드러지게 피어났다. 아이들이 뛰놀고 부부가 유모차 끌며 산책하는 풍경이 평화롭게 펼쳐지던 곳이었다. 천을 따라 뛰다 보면 나오던 너른 한강…… 어쩌면 이전 동네에 대한 그리움, 아쉬움 때문에 이사 온 동네에 정을 붙이기 어려웠던 건지도 모르겠다. 그렇게 어울리지도 않는 방구석 폐인이 돼버릴 때쯤 그만 문 열고 나오라고 말한 것도 달리기였다.

"오늘 10km 고? 그보다 더 뛰어도 되고."

누구보다 이 동네를 좋아하는 러너 옆에서 같이 뛰게 되면 특유의 긍정적인 에너지에 서서히 물들어갈 수밖에 없었다. 달리기가 매주 10km씩 3주 차에 접어들자 머릿속 생각이 조금씩 달라지기 시작했는데, 여기로 가면 어떨까? 뭐가 나올까? 이 정도면 지하철 안 타고도 뛸 만한데? 생각보다 예쁘네? 그렇게 이 동네에 걸어둔 마음의 빗장이 서서히 풀려버렸다.

낯선 장소를 알아가면서 본다는 것에 대해서도 다시 한번 생각하게 됐다. 무언가를 본다는 것은 너무나 상대적인 것이었다. 대개 보는 사람의 의지에 따라 좋고 나쁨이 결정됐다. 가령 아무리 좋은 그림도 누군가에겐 장난처럼 비칠 수 있듯이, 세간에 저평가된 그림도 누군가 좀더 알아가려 노력하고 좋은 부분을 찾아내려 애쓰면 얼마든지 그 가치가 올라갈 수 있었다. 동네도 마찬가지였다. 이 동네는 변하지 않았는데 바라보는 방식이 변하자 눈에 들어오는 것 또한 달라졌다. 가령 로데오 거리 뒷골목엔 내가 좋아하는 작은 식당이나 아기자기한 카페가 곳곳에 숨어 있었다. 재개발 지역 옆엔 몇십 년도 더 된 노포 맛집들이 자리해 있었고. 어느 날 저녁 퇴근길엔 우리 집 앞에 핀 가로수 벚꽃이 너무 예뻐서 한참이나 넋 놓고 바라보기도 했다.

'너네 동네인데 여길 안 뛰어봤다고?'

그리하여 처음 이 말을 들었을 땐 황당하기 그지없었는데 이제는 말이 가진 힘을 몸소 체감하게 됐다. 나 또한 나만의 루트를 찾아내고 싶기도 했고 내가 찾은 발견을 다른 이한테 나누고 싶기도 했다. 친한 친구, 동생을 집으로 초대해서 밤새 얘기를 나눈 뒤 다음 날 동네 맛집을 탐방하기 시작한 것도 그 때문이었다. 유쾌한 경험이었다.

그래도 아직 이 동네의 찐 러너는 되지 못했다. 그러려면 더 주의를 기울이고 찬찬히 둘러봐야 가능할 것이다. 그래서 요즘엔 역에서 내리면 바로 집으로 오지 않고 조금씩 걸어도 보고 샛길로 새보기도 한다. 무심코 지나쳤던 곳들을 들여다보면서 내가 놓친 것이 없나 살펴보면서. 천천히, 하나하나, 여유롭게.

청개구리가
뭐가 어때서

　이상하게 남들이 못한다 그러면 더 오기가 생겼다. 끝내 해 버리고 싶었다. 물론 해낼 수 있는 일이라는 믿음이 내 안에 손톱만큼이라도 있어야 가능한 일이겠지만 어쨌든 주변의 좋지 않은 신호를 차단하는 것 또한 내 몫이었다.

　신호 차단 하나.

"나 풀 뛸 수 있을까?"

첫 풀이라 그런지 출발까지 몇 분 남지 않았는데도 겁이 났다. 전날 밤 저녁으로 도가니탕을 먹고 새벽 내내 뜬눈으로 밤을 지새웠다.

"아니. 넌 너무 여러 가지 것을 했어. 못 뛸 것 같은데."

친구는 야박하게도 나를 아래위로 훑어보며 코앞에서 비수를 날렸다.

"그렇지 않아? 너 크로스핏도 하고. 그 뭐야, 대회도 계속 나가더만."

풀이 그렇게 쉬운 게 아니라며 그만 단념하라는 듯 말하는데 화가 난다기보다는 자존심이 상했다. 그즈음 크로스핏 오픈 대회와 풀 마라톤이 겹친 건 사실이지만 둘 중 어느 것 하나 소홀히 하지 않았다. 친구 눈에는 내가 풀을 우습게 생각하는 것처럼 보였을 수도 있지만 나는 매일 크로스핏을 하고 주 3회, 많게는 4회씩 달리기를 이어왔다. 스스로 부끄럽지 않게 준비했다고 자부했는데 이런 내 마음을 표현할 길이 없었다.

몇 분 후 E라인 출발신호가 떨어졌다. 스타트 라인에서 사람들이 너도나도 뛰어나갔다. 내게 못 뛸 거라고 말했던 친구 또한 빠르게 앞으로 치고 나갔다. 10km도 못 가서 그 친구는 내

시야에서 사라졌다. 뛰면서도 내내 불안했다. 정말 못 뛸까 봐.

"너 생각보다 잘 뛰는데?"

이런 내게 긍정적인 신호를 보내주는 또 다른 친구가 있었다. 10km까지만 같이 뛰자던 이 친구와는 41km까지 함께 뛰며 여러모로 도움을 받았다.

먼저 가버린 친구를 다시 보게 된 건 5시간 뒤 주차장에서였다. 주차장 바닥에 주저앉아 있는 친구에게 다가갔다.

"너 완주했어?"

"아니. 중간에 발 아파서 포기했어."

허리를 숙이고서 괜찮냐고 물어보자 친구는 떨떠름한 표정으로 고개를 들었다. 그때 내 목에는 42.195km 풀마라톤 메달이 걸려 있었다. 4시간 30분 01초. 첫 풀 치고는 생각보다 나쁘지 않은 기록이었다.

"첫 풀이겠네."

친구가 메달을 보며 말했다. 나는 환하게 웃으며 고개를 끄덕였다. 그렇게 나는 마라토너가 됐다.

신호 차단 둘.

'오늘 달리시겠어요? 마지막 러닝은 64일 전이었습니다. 여세를 몰아 다시 달려보세요!'

러닝 어플의 느닷없는 재촉 알림을 보다가 날짜 관념이 되살아났다. 달리기를 못 한 지 벌써 한 달이 넘었다. 매주 인스타그램에 웹툰을 올리고 브런치에 글을 쓰게 되면서 나는 달리기에 소홀해졌다. 인간이 아무리 체력이 좋대도 퇴근 후 달리기와 글쓰기, 그림 그리기를 동시에 해낼 수는 없었다. 지금 내가 제일 하고 싶은 일은 작가가 되는 것인데 운동은 하루 한 시간만 하면 되지 않을까? 점심시간마다 꾸준히 크로스핏 운동을 하고 있잖아. 달리기는 잠시 후순위로 밀어놓자. 말하다 보니 '답정너' 같지만 이건 뭐가 좋냐 안 좋냐의 문제가 아니라 선택과 집중의 문제였다. 하나를 선택하면 반드시 하나를 포기해야 하는 게 인생이라면, 책을 쓰려고 마음먹었다면 달리기는 잠시 장외로 내보내야 했다. 직장인인 내겐 퇴근 이후의 시간이 가장 효용 가치가 컸다. 게다가 달리기는 시간을 가장 많이 보내야 하는 취미 활동이기도 했다. 창작에 집중하다 보니 거의 매일 저녁 만났던 러너 친구들과의 만남 또한 자연스럽게 뜸해졌다. 어쩌다 한 번씩 친구들과 약속을 잡으면 어김없이 쓴소리도 듣게 됐다.

"넌 너무 이상적이야. 나도 책 내고 싶었지. 누군들 작가 되고 싶지 않겠니? 현실적으로 그러기가 어렵다는 거지. 그러니까 아부하기 싫어도 직장에서 머리 숙이고 들어가는 거야."

주먹고기를 앞에 두고 두 주먹을 불끈 쥐게 만드는 건 이치에 벗어나는 일이었다. 친구는 집에 가겠다는데 기어코 고깃집에 끌고 와서는 눈앞에서 밥맛 떨어지는 소리를 했다. 그것도 내가 싫어하는 회사 내 수직 문화에 대해 거론하면서. 나는 이제 그냥 직장 안이 아니라 회사 바깥에서 내 꿈을 찾겠다고 말했다.

"네가 여자라서 그럴 수도 있겠지만 남자는 말이야, 그렇게 쉽게 때려치운다 말 못 한다? 우리 매형만 봐도 그래. 누나 일 그만두고 매형이 얼마나 고생했는데…… 후…… 책임져야 하잖아? 그러니까 더러워도 주임님한테 싹싹 빌고 그러는 거야."

누나만 위로 넷이 있는 친구였다. 일하기 싫다고 회사를 그만둔 작은누나 행동에 책임감이 없다며 갑자기 남녀의 사회적 지위를 안주처럼 꺼내놓았다. 속을 긁다 못해 거기다 굵은 소금을 팍팍 뿌려대는 꼴이었다. 찬물을 홀짝홀짝 들이켰다. 이럴 때일수록 냉정해져야 했다.

"난 네 말만 들어서는 잘 모르겠지만 일을 그만둘 정도면 어떤 사정이 있었을 것 같은데? 육아 문제든 사내 정치든. 그리고 말이야, 네 말처럼 여자는 임원 될 확률이 거의 없거든. 그 회사 평생 다닐 수 있을 것 같아? 네 논리대로 얘기하자면, 여자가 그래. 이직할 땐 결혼 적령기라 어렵고 육아휴직 후에 돌아오면 자리 없을까 봐 불안해하고 회사 중역들은 죄다 남자고. 여. 자. 가 그래."

친구는 옳다구나 싶었는지 이죽거리며 말을 이었다.

"그래. 그러니까 더 열심히 다녀야지. 나도 그만두고 싶다니까? 그래도 할 수 있을 때까진 그냥 다니는 거야. 누군 꿈이 없는 줄 알아? 네가 작가 되고 싶듯이 나도 파일럿 되려고 미국 유학 알아보는 중이야."

점점 격해지는 대화 속에서

"나는?"

옆자리에 앉아 있던 친구의 여자친구가 불쑥 물었다. 둘은 러너 커플이었다.

"당연히 같이 가야지. 같이 갈 거지?"

술에 물 탄 듯, 물에 술 탄 듯 쉽게 말하는 친구를 보며 더 이상은 이야기를 이어가고 싶지 않았다. 됐고 술이나 마시자며 친구가 먼저 술잔을 들었다. 그렇게 우리의 진전 없던 대화는 끝이 났다. 집으로 돌아오는 길엔 꼭 작가가 돼야겠다는 다짐을 한 번 더 했다. 말도 안 되는 것처럼 보이는 것도 꾸준히 하다 보면 할 수 있다는 걸. 계속 하면 뭐라도 된다는 걸 직접 보여주고 싶었다.

몇 달 후, 나는 책 출간 제의를 받았다. 공개된 곳에 올린 콘텐츠를 보고 출판사에서 연락이 온 거였다.

"작가님, 편집자 G입니다. 이렇게 인연을 맺게 되어 반갑고 즐겁습니다. 아무쪼록 좋은 인연으로 잘 이어갔으면 좋겠습니다."

편집자는 처음부터 나를 작가님이라고 살뜰히 대해주었다. 좋은 인연으로 만나봤으면 좋겠다고 직접 쓴 손 엽서도 보내주었다. 출간 계약은 순조롭게 진행됐고 만약 당신이 이 글을 읽고 있다면 정말로 서점 매대에 내 책이 놓여 있게 됐을 것이다. 그렇게 나는 작가가 됐다.

언제나 그렇듯 미래는 내다볼 수 없고 지금 하고 있는 일에 결과가 원하는 대로 나올 거란 보장도 없다. 그럼에도 불구하고 계속해서 실행하는 건 정말 중요하다. 무언가를 한다고 결과가 바로 따라오는 건 아니니 길고 지난한 과정 속에서 버티기는 물론 어려울 것이다. 주변엔 안 된다는 사람들도 많을 것이다. 그럴 땐 '왜 안 돼? 정신'으로 임해보자. '안 돼' 앞에 '왜'라는 단어만 붙으면 '왜 안 돼'가 된다. '안 돼' 뒤에 물음표만 붙으면 '안 돼?'가 되고. 그러니 곧 죽어도 안 된다는 말을 하는 사람들 앞에 서면 '왜 안 돼?'라고 주문처럼 외워보자. 그렇게

라도 자기 자신을 지켜내다 보면 정말 뭐라도 될 수 있을 테니까. 나는 오직 실천하는 사람만이 간절히 원하는 것을 이뤄낼 수 있다고 믿는 사람이다. 나를 제대로 알지 못하는 사람들 의견에 힘 빼는 것보다 그 시간에 내가 해내고 싶은 일에 온 힘을 다하는 게 여러모로 이로울 것이다.

나란 인간은 물론 많이 부족하다. 하지만 풀 마라톤을 뛴 것도 이 책을 낼 수 있게 된 것도 가장 큰 동력은 일종의 반항심이었다. 옛말에 무심코 던진 돌에 개구리가 맞아 죽는다는 말이 있는데, 나는 죽지 않으려고 어떻게든 뛰어다녔던 것 같다. 하하는 아니지만 '죽지 않아!'를 외치며 내게 쏟아지는 비난, 조롱 무더기를 폴짝폴짝 피해 다녔다. 청개구리도 이런 청개구리가 따로 없었다. 하지만 청개구리가 뭐가 어때서?

어릴 때 읽었던 동화 『개구리 왕자』 속에서도 개구리는 늘 반항하는 캐릭터였다. 공주가 약속을 지키지 않자 끝끝내 찾아가서 따지고 물어가며 원하는 것을 받아내려 한 게 개구리였다. 공주는 그런 개구리의 노력을 알아주기보다는 당장의 부족한 면모만을 보고 개구리를 벽으로 내던져버렸다. 그렇다고 개구리가 죽었는가? 아니. 다음 순간 개구리는 왕자로 변했다. 어쩌면 이 동화가 건네준 교훈처럼 청개구리를 위대하게 만드는 힘은 No에 대한 저항감에 있는지도 모르겠다. 사람들이 안 된다고 돌을 던질 땐 있는 힘껏 '왜 안 돼?'라고 항의해보자. 나를 깎아내리는 사람들의 행동에 꽥하고 무너지는 건 억울하니까. 왜 안 돼? 하면 되지! 그럼에도 불구하고 난 해볼 거야! 하다 보면 정말로 해내버린 자신을 만날 수 있을 테니까.

마음에도 근육이 붙어버렸다

누구나
잘하는 게 있다

　세상에 나 같은 사람은 있어도 정작 나라는 사람은 단 한 명 뿐이다. 그러므로 사람은 모두 저마다의 특징이 있고, 잘하는 것도 못하는 것도 다 다르다. 가령 난 어릴 때부터 동화책이나 만화책, 소설 읽기를 좋아했다. 내가 생각하는 것을 이야기로 표현하는 것도 참 좋아했다. 그래서 대학도 책을 읽고 글을 쓰는 문예창작학과에 지원했다.

대학에 입학하고 나서 몇 년 후, 한국에는 소셜미디어sns 열풍이 불었다. 사람들은 소셜미디어에 올라오는 이미지 콘텐츠나 영상 콘텐츠에 열광했다. 한국 성인 1인당 평균 독서량은 해가 갈수록 줄어드는데 소셜미디어 하루 이용량은 날이 갈수록 늘어갔다. 그때 이런 생각을 했다. 만약 내가 이 툴을 사용할 수 있다면 어떨까? 내가 하고 싶은 이야기를 이미지와 영상으로 표현할 수 있다면? 생각은 곧 실천으로 이어졌고 방학을 틈타 신촌에 있는 방송아카데미에 등록했다. 포토샵 한 달, 애프터 이펙트 두 달 과정을 들으면서 나는 내가 영상보다는 이미지 편집 기술에 좀더 능하다는 걸 알게 됐다. 그 후로 기업이나 정부 산하기관에서 주최하는 여러 소셜 마케팅 대외활동을 하면서 카드 뉴스, 모션 그래픽 영상 기획 및 제작에 익숙해지게됐다. 최종적으로는 콘텐츠 마케터가 됐다.

내가 배운 이미지와 영상 제작 기술, 인문학에 기반한 스토리텔링 능력, 또 어릴 적부터 호기심 많고 관찰하기 좋아했던 기질, 이런 것들이 주먹밥처럼 뭉쳐져 30대인 지금까지도 어찌어찌 밥벌이에 큰 영향을 주고 있었다.

이때까지 살아오면서 나는 잘하는 걸 더 잘하게 만드는 게 중요하단 생각을 자주 했다. 하루가 24시간이라는 건 모두에게 동일하게 적용되므로 한정된 시간과 에너지를 내가 잘하는 것에 투자하는 쪽이 잘될 확률이 훨씬 높았다. 타고난 강점과 거리가 먼 일에 에너지를 쏟을 수도 있겠지만 그렇게 되면 잘되기가 참 어려웠다. 최선을 다해 열심히 했는데도 겨우 평균밖에 안 됐을 때 드는 자괴감은 어떡하나. 결국에는 본인이 잘하는 걸 알고 그걸 더 잘하게 만드는 데 노력하는 게 중요했다. 그건 운동에서도 마찬가지였다.

크로스핏이 좋은 이유는 각자가 잘하는 것과 못하는 것을 분명히 알 수 있어서였다. 거짓말 같지만 크로스핏 박스에서 운동하는 걸 보고 있으면 그 사람이 뭘 잘하는지 눈에 딱 보였다.

'아, 이 사람은 무게 드는 운동을 잘하겠구나.'

'아, 저 사람은 철봉에 매달리는 운동에 강하겠구나.'

실제로 크로스핏 박스에서는 이를 가리켜 크게 '돼지'와 '멸치'라는 두 그룹으로 나눠서 분류하곤 했다. 역도를 너무 잘해서 상대적으로 짐네스틱(체조) 계열에 취약한 돼지들과, 가벼운 몸 때문인지 짐네스틱과 유산소 운동에서 빛을 발하지만 상대적으로 힘이 약한 멸치들. 크로스핏은 그들에게 늘 공평하게 기회를 줬다. 어느 날에는 돼지가 잘하는 운동이 나오면 다음 날에는 멸치가 잘하는 운동이 나와서 양팔 저울처럼 세력의 수평을 맞췄다. 그리하여 돼지와 멸치들에겐 끊임없는 도전 정신을 불러일으켰고, 크로스핏에 한번 빠지면 출구 없다는 말이 나올 정도로 마니아층을 형성해냈다.

크게 두 부류로 나눠서 살펴봤지만 크로스핏은 본래 어느 한 분야에 특화된 피트니스 프로그램이 아니다. 그래서 개개인 이 가진 능력을 발현하기 용이하다. 교차Cross와 신체단련Fitness 의 합성어인 크로스핏CrossFit은 위기 상황 속에도 몸이 항상 반응할 수 있도록 신체 능력을 극대화하는 걸 목표로 하는 운 동이다. 그렇다면 신체 능력을 어떻게 극대화할 것인가. 인간의 신체 능력을 카테고리로 나누면 가짓수가 무려 10개나 된다고 한다. 심폐지구력, 최대근력, 유연성, 협응력, 민첩성, 균형감각, 정확성, 파워, 스테미너, 속도…… 이 능력들을 골고루 키워내 기 위해 크로스핏에서는 역도, 달리기, 기계체조, 케틀벨과 같 은 여러 운동을 복합적이고 반복적으로 수행하게 한다. 언제 어디서든 대처할 수 있게 힘을 기르는 것. 이건 일상에도 마찬 가지다. 예상치 못한 시기에 찾아오는 우발적 상황 앞에서 현명 하게 대처 가능한 제너럴리스트generalist가 되는 게 이 운동의 목표라고 나는 생각한다. 그리하여 크로스핏은 운동을 넘어 하나의 라이프 스타일이 된다.

크로스핏 안에서 어떤 동작이 더 수월하고 어떤 동작이 더 힘든지도 개인마다 가지각색이다. 키가 크고 작고, 선천적으로 힘이 세고 약하고, 아킬레스건이 길고 짧고, 성격이 독하고 안 독하고, 이런 작은 차이가 곧 특별함으로 간주되는 운동이 크로스핏이다.

운동 시간이 짧으면 5분, 길어야 한 시간이 넘지 않기 때문에 제한 시간 안에 최대한의 능력치를 뽑아내야 하는 고강도 운동이다. 때문에 본인이 갖고 있는 기본적인 힘, 호흡, 끈기, 민첩성 같은 고유 특성을 파악하기가 쉽다. 다시 말해 다양성이 존중되는 운동이라 할 수 있겠다.

평범한 회사원인 내 입장에서는 크로스핏에 매료될 수밖에 없었다. 대부분의 일반 회사에서는 누가 뭘 잘하든 뭘 못하든 관여치 않았으니까. 회사는 서로 다른 사람들이 한데 모여 잡음 없이 이윤 창출이라는 단일 목적을 이뤄내길 바란다. 그리하여 인간을 매뉴얼화시킬 수밖에 없다고 믿고 있는 것 같았다. 해마다 우리 기업의 인재상을 혁신적이고 창의적인 사람이라고 말하지만 정작 사람을 뽑을 때는,

"상사가 부당한 것을 요구할 때 어떻게 반응하겠는가?"

"본인이 이 조직에 꼭 필요한 사람이라는 걸 어필해봐라."

같은 질문들로 두뇌 회로를 어지럽힌 채 정형화되고 관리하

기 쉬운 신입들을 선별해냈다. 내가 아닌 상사, 내가 아닌 조직. 주체는 나인데 왜 초점은 외부적인 것들에만 맞추는지 아이러 니했다. 회사는 말 잘 듣는 사람들로만 골라 뽑은 후에도 부단 히 일방향적인 교육을 시켰다.

"회사가 널 왜 뽑았는지 생각해봐."

맹자의 역지사지易地思之를 이상하게 폭력적으로 활용하며 말이다. 만약 지금의 내가 이런 질문을 받는다면 나는 이렇게 반문할 것이다.

"그럼 제가 이 회사를 왜 왔는지에 대해 먼저 생각해볼게요."

저성장 시대에 갈수록 악화되는 취업난 속에서도 내가 이 회사에 들어온 건 운과 타이밍, 서로의 이해관계가 모두 맞아 떨어져서 가능한 일이었을 테다. 그런데 왜 자꾸 한쪽만 일방 적으로 맞춰야 하는가. 회사의 성장과 개인의 성장은 함께 가 야지 비로소 그 브랜드에 혁신이 가능해지는 것이다. 게다가 요 즘같이 평생직장이 없는 시대에 회사원도 굳이 안 맞는 옷에 억지로 단추를 꾸역꾸역 채워 넣을 필요는 없다. 내 몸에 맞게 옷을 맞춰 입을 수도 있고, 여유가 있다면 새로 사 입는 것 또 한 나쁘지 않다. 결국 다 잘 먹고 잘 살자고 하는 일인데 굳이 내 살을 도려내가며 헌신할 필요까지는 없는 것이다.

크로스핏을 시작한 후로 나는 그걸 매일 깨닫고 있고 내가 추구해야 할 삶의 방향 또한 확실해졌다. 내 삶의 주체는 나이며 모든 선택엔 나 자신이 기준이 되어야 한다. 갈수록 단단해지는 자아를 보면서 몸과 마음은 정말 연결돼 있구나 깨닫게도 된다.

"이 일만 계속 했더니 내가 어떤 사람인지 잘 모르겠어."

"회사 안 다니면 뭐 하지? 난 잘하는 게 딱히 없는데."

주변에 이렇게 말하는 친구들이 많았다. 그럼 나는 크로스핏을 한번 해보라고 추천하곤 했다. 크로스핏의 세계에는 정말 다양한 것이 있고 누구나 그중에 잘하는 것이 있다고. 반드시 너도 잘하는 게 있을 거라고. 사회나 시스템이 강요하는 내가 되기보다 자기다움을 찾는 사람들이 많아졌으면 좋겠다. 그리하여 우리 모두의 삶이 좀더 주체적이고 좀더 안정됐으면 좋겠다.

건강한 개인이 많아질수록 건강한 사회가 만들어진다고 믿는다. 회사라는 공동체 안에서도 크로스핏이라는 커뮤니티 운동 안에서도 나아가 가족과 친구 관계 안에서도 결국 나 자신이 건강해야 모든 것들이 보다 건강해질 수 있을 것이다.

크로스핏을
하는 이유

"그거 하면 죽을 것 같다던데. 너 힘든 거 즐기니?"

크로스핏 한다고 말하면 주변 지인들이나 친구들이 자주 물었다. 그 운동 정말 힘든 거 아니냐고. 처음에 이런 질문을 받으면 "아냐, 생각보다 재밌어." 대충 얼버무리곤 했는데 어느 순간부터는 제대로 답변을 해야 될 것 같았다. 내가 좋아하는 것에 대해 제대로 말할 수 있어야 상대방도 그에 대해 공감할 수 있을 것 같았다.

사람마다 기호가 다 다르기 때문에 내가 좋아하는 것이 다른 사람에게도 좋게 받아들여질지는 자신할 수 없었다. 그럼에도 나는 크로스핏을 하면서 삶이 좀더 풍요로워졌다고 분명히 말할 수 있겠다. 땀을 비 오듯 쏟아내다 보면 일상에서 오는 억울하고 화나는 일들에 대해 어느새 무뎌지게 됐다. 세상에 나 혼자 동떨어진 것 같은 느낌을 받을 때에도 그룹 운동을 통해 언제 그랬냐는 듯 소속감을 느낄 수 있었다. 내가 그랬듯 누군가 크로스핏을 하면서 행복해질 수 있다면, 운동을 통해 수혜받은 내가 그 물꼬를 조금이라도 열어줄 수 있다면 좋겠다는 생각으로 꾸준히 공개된 공간에 운동 관련 콘텐츠를 만들고 배포했다. 처음엔 내가 한 운동을 그저 기록 형태로 남겼었다. 크로스핏을 아직 접하지 못한 사람들도 공감할 수 있다면 좋겠다는 생각이 들었다. 그때부터 단순히 기록 형태에 머물지 않고 운동하다 느낀 점, 생활 건강 전반에 대한 다양한 생각을 풀어내기 시작했다. 첫 시작은 스스로에게 질문하는 내용이었다. '나는 왜 크로스핏을 하는가', 초심으로 돌아와 이 운동을 좋아하는 이유에 대해 진지하게 생각해보았다.

솔직히 시작은 회사생활이 힘들어서였다. 세상에 안 힘든 회사가 어디 있겠냐만은 원래 남의 떡이 커 보인다는 것처럼, 근속 기간이 길어질수록 나는 우리 회사가 제일 엿 같아 보였다. 『신경 끄기의 기술』, 『직장인 퇴사 공부법』 같은 책들에 자주 눈길이 갔다. 어느 순간부터는 두 눈뿐만 아니라 곳곳에서 퇴사 콘텐츠가 우후죽순 쏟아져 나왔다. 퇴사가 트렌드가 된 것이었다. 그렇게 인기를 얻는 퇴사 콘텐츠에 힘입어 나도 언젠가 퇴사라는 걸 할 수 있을 줄 알았다. 그런데 정말 아이러니하게도 같은 회사에 5년째 근속하게 됐다. 엿 같다고 생각했지만 그 엿을 질겅질겅 씹다가 송곳니가 다 빠져버린 꼴이라 해야 할까. 사실 그 바탕엔 모두 크로스핏이 있었다. 회사 근처에 자리 잡은 크로스핏 박스가 너무 좋아져버렸다. 이직도 못하겠고 알게 모르게 얄량한 애사심마저 생겨버렸다. 월급 받아야 운동 끊지, 크로스핏 박스랑 회사가 가깝잖아. 점심시간에 운동 갈 수 있는 회사니까…… 크로스핏과 관련된 이런저런 이유들로 인해 퇴사를 잠정 보류하게 됐다. 그리하여 직장 내 정치, 불합리한 처우에 대해서도 어느 정도 참고 견딜 수 있게 됐다. 그만큼 이 운동이 나를 행복하게 해주니까 다른 수입원이 생길 때까지만이라도 더 다녀보자 자기 합리화를 해버리게 된 것이었다.

"원래 회사에 욕심 없는 사람이 오래 다닌대요. 승진욕이나 연봉 이런 거, 언니처럼 운동을 좋아하면 그런 데 별로 신경 안 쓰나 봐."

어느 날 운동이 끝난 후 집으로 돌아오는 길에 나란히 걷던 동생이 말했다. 어쩐지 고개를 끄덕일 수밖에 없었다. 그날은 연차를 냈는데도 불구하고 굳이 집에서 40분 거리인, 그것도 회사가 코앞에 보이는 선릉에 왔다.

"휴가 내고 굳이 여기 왔다고? 할 일 없어? 여기가 그렇게 좋아?"

헤드 코치님도 이상하게 여길 만큼 나는 이 운동에 깊이 빠져 있었다. 비단 나만 그런 게 아니었다.

"나는 사람들이 너같이 왜 휴가 내고 여기 오는지 모르겠어. 가끔은 회식하고 나서도 여기 온다니까."

짧게는 1~2년, 길게는 5년 이상 꾸준히 다니는 장기 회원들이 많았다. 스스로도 변태라고 할 만큼 크로스핏 운동을 좋아했고 헬스 대비 비용이 적지 않은 크로스핏을 꾸준히 등록했다. 모두 이 운동을 재밌어했다. 생각해보면 운동을 지속하는 데 있어서 재미 요소는 정말 중요했다. 오래 할 수 있는 운동을 찾는다는 건 그 운동이 내일도 가고 싶고 모레도 가고 싶을 만큼 재밌어야 하는 거니까.

"운동이 어떻게 재밌을 수가 있죠?"

혹시나 만약에 이렇게 묻는 사람이 있다면

"어떻게 우리가 만났죠? 이 수많은 사람들 중에."

라고 대답하고 싶다. 좋아하는 운동을 찾는다는 건 마치 연애할 상대를 찾는 것과 같다. 없을 것 같던 운명의 사람이 나타나고 그로 인해 매일 보고 싶어지고 못할 것 같던 결혼도 하게 되는 게 자연스러운 흐름이라면 운동 또한 마찬가지다. 체육 수업 만년 꼴찌에 자칭 타칭 운동 무능아였던 내가 자발적으로 운동을 하러 가고, 운동 관련 콘텐츠를 정기적으로 발행하게 된 데는 기본적으로 재미가 있어서다. 갈수록 무료해지는 일상에 찾아온 이 역동적인 재미를 좀더 오래 가져가기 위해서라도 열심히 할 수밖에 없었다. 그렇게 해서라도 좀더 행복해지고 싶어서 내 나름대로 여기다 의미 부여를 하고 살뜰히 챙기고 있는 거였다.

실제로 재밌는 운동을 만나게 되면 1년에 몇 안 되는 연차를 운동에 쓰는 게 전혀 아깝지 않다. 연차를 내면 아침부터 저녁까지 내가 원하는 시간에 크로스핏 박스에 올 수 있는데? (크로스핏은 횟수 제한이 없는 운동이다.)

운동 끝나자마자 후다닥 회사로 복귀하지 않아도 되는데?

(나는 주로 점심시간에 운동을 하기 때문에 끝날 때마다 허둥지둥 박스를 나온다.)

남들 운동하는 거 구경할 수도 있고 옆에서 응원도 해줄 수 있는데 말이다. (마지막까지 최선을 다하는 크로스핏터들을 보면 마치 축구 경기 승부차기를 보는 것만큼 긴장감이 넘친다.)

물론 간만의 휴가에 아무것도 하지 않고 가만히 누워 있는 게 좋은 사람이라면, 그건 그 사람에게 정말 잘 맞는 휴식일 수 있겠다. 하지만 가끔은 '이렇게 누워 있는 게 진짜 휴식일까? 왜 쉬어도 쉰 것 같지 않지?' 의문이 든다면 이제 휴식에 대해서 새롭게 정의 내릴 필요가 있겠다. 심리학자이자 '삶의 질 연구소' 소장인 미하이 칙센트 미하이는 『Running Flow』라는 책에서 이런 말을 했다. 쉬고 가만히 늘어져 있는 것이 편안하고 좋다고 느끼지만 실제로 가장 행복했던 순간은 무언가를 열정적으로 하고 있을 때라고. 사람들은 인생 최고의 순간을 무언가에 오롯이 집중했을 때 경험한다 했다.

크로스핏을 시작한 후로 나는 눕는 것도 크로스핏 박스에 가서 눕는 게 더 좋았다. 건강한 사람들과 편한 공간에서 운동하고 땀 흘리는게 좋았다.

재미와 몰입이라는 요소에 집중해서 '나는 왜 크로스핏을 하는가'에 대한 웹툰을 인스타그램에 올렸다. 주변인들 반응은 대략 이러했다.

진짜 다 떠나서 재미있다는 게 크로스핏을 계속하는 큰 이유인 것 같아요. (29세 남, H사 신입, 경기도 소재 회사로 취직한 후에도 크로스핏을 끊지 못함. 버스로 편도 한 시간이 넘는 거리를 거의 매일 왕복하며 운동하고 있다.)

진짜로 그냥 재밌음. (31세 여, 퇴사 후 공시생. 퇴사에 후회는 없지만 집이 화성이라 크로스핏을 못 오는 게 너무 아쉬움. 그래도 공부하다 힘들 땐 일 단위로 운동하러 오고 있다.)

저마다 사정은 있겠지만 결국 이유는 하나였다.

그냥 좋은 게 큰 것 같아요. 맞아. 그냥 좋아. 크로스핏이 그냥 좋아. 그냥 재밌어.

사실 난 용인에 취업한 동생이 한 시간 넘게 통근 버스 타고 크로스핏에 오는 이유를 제대로 알지 못했다. 이전 회사 사람들은 길에서 마주치기도 싫다는 언니가 부모님께 욕먹어 가며 크로스핏 하러 오는 이유 또한 알지 못했다. 나는 100% 그 사람들이 될 수 없으니까. 다만 안다고 믿을 뿐이었다. 이런저런 이유를 댔지만 어쩌면 우리는 모두 다 공통된 이유로 이 운동을 좋아하고 있는지도 모르겠다. 재밌으니까. 이러한 재미를 처음 알게 해준 곳이니까. 그냥 좋은 데는 딱히 이유가 필요하지 않았다.

세상에 힘든 걸 즐기는 사람은 없다. 그냥 본인이 좋아서 하는 거고 재밌어서 하는 것들에 힘듦은 그다지 중요하지 않을 뿐이다. 운동을 지속할 수 있는 밑바탕엔 재미가 있어야 하며, 앞으로도 계속해서 내게 재미를 주는 것들에 에너지를 쏟는 삶을 이어가고 싶다. 내가 좋아하는 것들의 가치를 알고 함께하는 사람들이 주변에 많아졌으면 좋겠다는 생각으로 오늘도 글을 쓰고 그림을 그리고 운동을 한다.

누구나
못하는 게 있다

"운동하기 싫지? 너 좋다는 것만 해서 언제 늘래?"

1년째 같이 운동하는 오빠가 오늘따라 더 밉게 핀잔을 줬다. 사실 운동이란 게 내 돈 내고 내 마음이 동해야 하는 건데 이렇게 욕먹어가며 해야 하나 싶었다. 그렇지만 마음과는 달리 바로 꼬리를 내렸다. 못하는 더블언더 운동을 안 한다고 해서 누구도 뭐라 할 수 없겠지만 어쩔 수 없이 눈치 보게 되는 건 왜일까. 아마 핀잔주는 사람이 생판 모르는 사람이 아니기에, 닮고 싶은 사람이기에 그럴 것이다. 차라리 모르는 사람이 뭐라 하면 기분 나쁜 척 발끈하기라도 했을 텐데. 어쩔 수 없이 인정할 수밖에 없었다. 저 사람 말이 맞다고. 내 노력이 부족한 거라고.

타닥, 툭. 타닥, 툭. 더블언더를 했다.

어김없이 내 다리는 줄에 걸렸다. 결국 얼마 안 가 줄넘기를 내려놓았다. 몸에 좋은 약도 너무 쓰면 먹기 힘들다 했다. 하고 싶어서 하는 것도 제대로 해내기 힘든 판에 하기 싫은 걸 억지로 한다고 해서 실력이 늘리는 만무했다. 조금 연습하고 왜 또 금방 내려놓냐고 다시 핀잔을 들었다. 바라본 오빠의 미간은 30cm 자의 mm 눈금처럼 좁아져 있었다.

"누구나 못하는 게 있다고!"

빽 소리를 지르며 줄넘기를 놔버린 곳에 주저앉아버렸다. 앉자마자 욱신거리는 정강이를 주물렀다. 왜 나는 이 동작을 할 때마다 정강이가 아픈 것인가. 이 운동은 정말 나랑 맞지 않는 것인가. 한때는 우리 박스의 미래다, 슈퍼 루키다, 침이 마르게 날 칭찬했던 오빠 입에서 깊은 한숨이 흘러나왔다.

"잘한다, 잘한다 하니깐 빠져가지고."

한심하단 얼굴로 오빠가 내 옆을 지나갔다. 그 뒷모습을 멀거니 쳐다보았다. 서운했지만 기대에 못 미치는 나를 어떻게 할 수는 없었다. 박스에 덩그러니 남은 나를 돌아보면 마치 안데르센 동화에 나오는 미운 오리 새끼 같았다. 이 실력에 백조는 될 수 있을까 싶지만 말이다.

사람이라면 정말로 누구나 못하는 게 있다.

신이 아닌 사람이니까. 잘하는 게 있으면 못하는 게 있고 못하는 게 있으면 또 잘하는 게 있다. 그래서 사람은 서로가 서로를 돕고 살아야 하는 것이다. 부족하니까 서로 채워주고 보완해주면서 더불어 함께 살아가는 것이다. 그래서 난 혼자 힘으로 해내지 못하는 건 주변에 도움을 청하는 것도 좋은 방안이라 생각했다.

"이렇게 해봐요, 언니. 좀더 높이 뛰고 팔을 좀더 붙여서. 그리고 발을 절대 앞으로 내밀지 말고!"

크로스핏터이자 PT샵에서 퍼스널 트레이너로 일하는 동생이 더블언더를 잘하는 여러 가지 방법을 친절하게 가르쳐주었다. 그날은 크로스핏 게임즈 오픈Crossfit Games Open이 있던 날이었다. 세계 크로스핏터들의 축제라고도 불리는 이 대회는 연중 1회, 기간은 총 5주간 진행됐다. 모든 크로스핏터들이 이날

만을 기다렸다는 듯 자기 기량을 남김없이 표출했다. 크로스핏 터인 나 또한 1년에 딱 한 번뿐인 이 대회를 어떻게든 좋은 성적으로 마무리하고 싶었다.

하필이면 이 대회에 더블언더가 나왔다. 동생뿐만 아니라 오빠도 옆에 와서 왜 자꾸 줄에 걸리는지, 어떻게 뛰어야 효율적일 수 있는지 여러가지 팁을 건네주었다. 그렇게 모두의 크고 작은 도움에 힘입어 크로스핏 게임즈 오픈 20.2(20은 2020년에 진행한 대회, 소수점 2는 총 5주 동안 진행되는 대회의 2주차 운동을 뜻한다)를 잘 끝마쳤다. 제한 시간 20분 동안 총 169개의 더블언더를 했다. 내 생애 제일 많은 더블언더였다. 20분이란 시간 안에는 더블언더 외에도 '토투 바'(철봉에 매달린 채 몸을 폴더처럼 접어 발끝을 철봉에 닿게 하는 운동 동작)나 '덤벨 쓰러스터'(덤벨을 양 어깨 위에 얹은 채 스쿼트 하면서 앉았다 일어날 때 팔을 뻗어 위로 들어 올리는 운동 동작)가 섞여 있었는데, 그중 제일 취약했던 운동 동작이 더블언더였다. 제한 시간 안에 더블언더를 못하면 다른 동작을 잘하든 못하든 아무 상관이 없었다. 거짓말 같지만 그전까지는 한번도 정규 와드에서 더블언더로 운동을 수행해본 적이 없었다.

"더블언더 못하면 두 배수로 뛰어. 오늘은 2단 뛰기 100개니까 1단 뛰기 200개로."

운동 효율을 고려해서 더블언더 대신 1단 뛰기로 와드를 수행하라 코칭받았다. 오늘의 운동으로 더블언더 100개가 나오면 1단 뛰기 200개, 더블언더 200개가 나오면 1단 뛰기 400개를 했다. 못하는 더블언더와는 달리 1단 뛰기는 곧잘 했으며 200개를 하든 300개를 하든 400개를 하든 정강이가 아프지 않았다. 그러니까 더블언더 못한다고 해서 당장 죽을 것처럼 힘들지 않고, 오늘 할 운동을 수행하지 못하는 것도 아니라서 평소 연습을 게을리한 면이 컸다. 오빠에게 쓴소리를 들었을 때 유독 마음이 상했던 것도 사실 그 말이 틀린 말이 아니었기 때문이었다. 나는 내 시간을 할애해 더블언더를 연습하진 않았으니까 못하는 거였다. 노력하지 않았다는 자괴감은 시간이 지날수록 점점 커져갔는데, 못하는 것에 대해 채근하는 사람들이 계속해서 늘어났기 때문이었다. 오빠뿐만 아니라 코치님, 언니, 친구, 동생들이 자주 물어왔다. 아직도 더블언더 안 되냐. 이렇게 해서 너 오픈 때 어떻게 할래. 얼마 후 오픈 대회가 열렸고 말했다시피 정말로 더블언더가 나와버렸다. 대회 운동이 공개되자마자 나는 좌절했다. 그럼에도 불구하고 이미 등록을 했으니 별수 없이 해야 한다는 마음으로 줄넘기 연습을 시작했다. 왜 못하는 건 꼭 해내야 하는 걸까. 신세 한탄을 하며 줄넘기를 돌렸다. 신기하게도 그런 내 주변에 도움 주는 사람들이 자석처럼 모여들기 시작했다. 생전 밥 한번 같이 안 먹어본 언니가 느닷없이 1:1 줄넘기 지도를 해주지를 않나. 3단 줄넘기를 곧잘 하는 오빠가 팁이라며 몇 번씩 줄넘기를 보여주지를 않나. 너무 못해서 아예 관심이 없을 줄 알았는데, 아니면 평소에 연습 안 하고 뭐 했느냐 화낼 줄 알았는데 정말이지 의외였다.

사람들은 내가 한참을 혼자 줄넘기와 씨름하고 있는 게 눈에 밟혔다고 했다. 자주 줄에 걸리는데도 또 넘으려고 하는 모습이 신경 쓰였다고. 생각해보면 노력하는 사람 옆에는 늘 비난보다 응원이 따르기 마련이었다. 게다가 잘하는 것보다 못하는 게 더 많을 수밖에 없는 게 크로스핏 운동이었다. 잘하는 사람은 더 잘하기 위해, 못하는 사람은 못하는 동작을 해내기 위해 노력하는 법이니까.

이건 사실 모든 것들에 적용되는 것 같다. 뭐든 잘하려고 하면 끝도 없다. 그러니 부족한 점이 있다면 받아들이고 스스로의 단점을 인정하는 게 중요할지도. 부끄러워하지 말고 이에 대해 말하고 도움받으며 쉬지 않고 도전한다면 한층 더 성장할 수 있을 것이다.

좀더 나은 사람이
된다는 것

좀더 나은 사람이 된다는 건 얼마나 어려운 일인가. 한 해가 끝날 때면 으레 내년에 이루고 싶은 목표를 쓴다. 동시에 지나간 해를 돌아보며 한숨 쉬게 된다. 인간이란 아무래도 지금보다 나아지긴 쉽지 않은 존재인지 모르겠다.

"슬기야, 진짜 네 의지가 대단하다."

어느 날 뒤에서 내가 운동하는 걸 보고 있던 오빠가 한마디 했다. 오빠의 박수 소리와 함께 운동 종료를 알리는 타이머가 울렸다. 어제보다 7개를 더했다. 다리에 힘이 풀려 바닥에 쓰러졌다. 기어코 해냈구나. 땀인지 눈물인지 모를 물방울이 볼을 타고 흘러내렸다. 드디어 나는 어제의 나를 이겼다.

크로스핏은 보통 하루에 두 번 하기 힘든 운동이다. 짧은 시간 안에 최대한의 효과를 내야 하는 고강도 운동이기 때문에 한번 하고 나면 전신에 힘이 풀렸다. 어느 정도냐면, 제대로 걷지도 못할 정도였다. 운동복은 빨래 돌린 것처럼 땀으로 홍건해졌고 바닥 또한 마찬가지였다. 머리부터 발끝까지 온 힘을 쏟아낸 사람들은 탈진해서 누워 있거나 무척추동물처럼 흐물흐물 기어 다녔다. 몇 보 안 되는 거리를 어린아이처럼 기어 다니는 사람들을 보고 있노라면 헛웃음만 나왔다. 한번 운동할 때도 이러하니 같은 운동을 두 번 수행해야 할 때에는 아무래도 고민할 수밖에 없었다. 멘탈이 보통 단단하지 않으면 똑같은 운동을 두 번 다시는 못할 거라고. 뻔히 힘들 걸 아는데 두 번이고 세 번이고 같은 행동을 반복하는 건 자살 행위나 다름없다고. 그러니 만약에 꼭 두 번 해야 할 일이 생긴다면 생각하기 전에 바로 행동으로 옮겨야 가능한 게 크로스핏이라는 운동이었다.

1년에 한 번씩 전 세계 크로스핏 챔피언을 뽑는 대회 크로스핏 게임즈가 열렸다. 이 게임의 예선전으로 크로스핏 게임즈 오픈이 5주에 걸쳐 진행됐다. 오픈은 각 나라별로 남/여 1등을 가리기 위한 운동인데 한 주에 하나씩 5개의 운동을 수행한 후 공식 사이트에 기록을 올렸다. 나라별로 최종 기록이 가장 높은 선수가 세계대회에 출전하게 됐다. 한국 시간으로는 보통 금요일 오전 9시에 이 주에 해야 할 운동이 공개되고 그다음 주 화요일 오전 9시까지 기록을 내야 했다.

눈치 빠른 사람들은 여기까지 말했을 때 알아챌 수도 있겠지만 보통은 한 번으로 충분한 크로스핏 운동을 오픈 기간에는 여러 번 반복하게 된다. 기록을 올릴 수 있는 나흘이라는 기간 동안 누구나 자기 기량을 최대한 뽐내고 싶기 때문이다. 운동이 공개되고 측정 기록을 올릴 수 있는 시간은 단 4일. 이 기간 동안 크로스핏터들은 숱하게 고민한다. 이전보다 더 잘할 수 있을까? 더 못하면 어떡하지? 생각이란 놈은 자가 증식 생물처럼 끝도 없이 이어진다. 못하는 것들에 대해서 오래 생각하다 보면 정말로, 더, 하기 싫어진다. 그럼에도 불구하고 최선의 점수를 내기 위해 똑같은 운동을 두 번이고 세 번이고 반복해서 진행하는 사람들이 많다. 하루에 한 번 이상 운동을 수행하기 힘들기 때문에 보통은 오늘 한 번, 내일 한 번, 모레 한 번 이렇게 진행한다. 정말로 급할 땐 하루에 두 번도 하긴 하는데 이런 사람은 거의 없다. 나 또한 이번 20.1 오픈에는 같은 운동을 하루 한 번씩 총 3일 동안 수행했다. 두 번째에는 처음 제출했던 기록보다 21개를 더, 세 번째에는 두 번째 했던 것보다 7개를 더했다. 일이 이러하니 뒤에서 운동하는 걸 보고 있던 오빠에게 진짜 의지가 대단하다는 말을 듣게 되는 거였다.

"오픈은 자기 한계를 넘는 도전이다. 오픈이 가진 최대 장점은 자기 취약점을 개선하는 데 있다."

인스타그램에 #(해시태그)로 오픈을 검색해 보면 이런 말을 찾아볼 수 있었다. 실제로 오픈 기간 동안 여러 번 도전 끝에 그동안 못했던 운동 동작을 수행하게 됐다는 사례들이 속속들이 올라오곤 했다. 내 경우에는 하다 보면 전보다 조금은 더 낫겠지. 그렇지 않더라도 체력적인 측면에서 도움이 되지 않을까? 최소한 후회는 안 하겠지. 이러한 자기 합리화와 함께 재도전을 감행했다. 신기하게도 늘 처음보다 두 번째가, 두 번째보다 세 번째가 더 나아지긴 했다.

2019년 10월의 어느 가을날, 내가 지하 공간에서 땀 흘리며 같은 운동을 세 번 반복하는 동안 아프리카 케냐 출신 마라토너 킵초게는 2시간 만에 마라톤 풀코스를 뛰는 기적을 이룩해냈다.

리우 올림픽 42.195km
1시간 59분 40초

인간이 마라톤 풀코스를 2시간 이내 완주하는 걸 보고 있으면 경이롭기 그지없었다. 육상 동영상을 다 보고 나서는 킵초게를 향한 찬사 기사를 일일이 찾아보았다. 올림픽 출전 세 번 만에 금메달을 목에 걸었고 인류 역사상 최초의 기록을 만들어낸 사람. 그의 이력을 알아보다가 유독 아래와 같은 인터뷰 내용에 눈길이 갔다. "No human is limited(인간에게 한계란 없다)."

킵초게는 리우 올림픽을 뛰기 전에 이런 말을 했다. "마라톤 2시간 벽 돌파는 인류가 달에 발을 처음 내딛는 것과 같습니다." 레이스를 마친 후에는 다음과 같이 인터뷰했다. "인간에게 불가능이 없다는 걸 알릴 수 있어 기쁩니다. 이 역사적인 순간은 많은 사람의 도움 속에서 이루어진 겁니다." 나는 인간이 좀 더 나은 것을 원하기 때문에 발전할 수 있다고 믿는 사람이다.

아무렴 그의 세 번과 나의 세 번은 확연히 다르겠지만 단 하나 분명한 사실이 있다면 우리네 인생과 곧잘 비유되는 마라톤이 그러하듯 계속하다 보면 한계를 넘을 수 있다는 것이었다. 크로스핏 오픈에서는 제한 시간 안에 운동 동작 한 개만 더 해도 세계 기록 몇천 등, 많게는 몇만 등이 왔다 갔다 했다. 나는 나흘 동안 세 번 도전 만에 28개를 더 했으므로 기록으로만 따지면 이전보다 더 성장했다. 그렇게 첫째 날의 한계도 둘째 날의 한계도 사라졌다. 킵초게도 두 번째에서 멈췄다면 지금과 같은 세계 신기록을 만들어낼 수 없었을 터였다. 불가능하다 생각되는 것들도 하다 보면 가능하지 않을까. 노력하다 보면 좀더 나은 내가 될 수 있지 않을까. 한계는 넘으라고 있는 것이고, 우리는 어제보다 좀더 나은 인간이 될 수 있다. 크로스핏을 통해서도 달리기를 통해서도 나는 매일 그걸 배우고 있다.

생각만 하지 말고
그냥 하자

살다 보면 뭐 하나 해보기도 전에 망설일 때가 많다. 고민하다 보면 결국 해내는 경우보다 해내지 못하는 경우가 더 많았다. 일을 할 때는 아이디어 내봤자 또 안 된다 그러겠지 체념하고 주어진 업무만 기한에 맞춰 해내는 사람이 돼버리곤 했다. 이런 행동을 하면 이 사람이 싫어하지 않을까? 고민만 거듭하다 나 자신을 온전히 보여주지 못한 채 관계를 끝맺기도 했다.

이 일 할까 말까. 이렇게 할까 말까. 살면서 할까 말까 망설이는 순간은 정말 많고, 망설이다 보면 끝내 선택해야 하는 순간이 오기 마련이었다. 사실 해보면 정말 아무것도 아닐 수 있는데, 늘 처음이 어렵고 생각을 실천으로 옮기기가 어려웠다.

언젠가 크로스핏 헤드 코치님도 실천에 대한 중요성을 강조했었다.

"잘하는 사람은 그냥 되는 게 아니야. 남아서 맨날 못하는 거 시도하잖아. 그래야 느는 거야."

말인즉슨, 생각만 하지 말고 그냥 하라는 거였다. 그때 난 매일 크로스핏 박스에 왔지만 오로지 그날그날 주어지는 WOD로만 운동했었다. 못하는 동작이 WOD로 나오면 수행하기 버거울 때가 많았다. 하지만 남아서 맨날 시도하라는 말은 실천하기 좀 어려운 일이었다. 주로 점심시간에 운동을 하러 왔다. 운동이 끝나면 헐레벌떡 회사로 복귀하는데 보강 운동을 할 시간이 없었다. 풀 죽은 내 앞에서 코치님이 전투적으로 말을 이었다.

"나한테 물어보는 사람들은 진짜 많아. 뭐뭐뭐 잘하려면 어떻게 해야 돼요? 근데 정작 하진 않아. 내일 할게요. 다음 주에 할게요. 망설이다가 그 종목이 다음에 와드로 나와버리는 거야, 물어봤으니깐 잘할 줄 안다? 아니. 못해."

어조는 단호했다. 그날 와드로 나온 스내치Snatch 동작을 미적지근하게 해서인지 몰라도 결국 밤 10시까지 남아서 운동을 했다. 어떻게 해서든 이 동작을 연습해야 할 것 같았다. 평소보다 무리해서 운동하고 나니 다음 날 아침, 어깨며 종아리며 안 아픈 곳이 없었다. 두 다리는 이미 푸르뎅뎅하게 멍이 들었고 손바닥은 다 까졌다. 그 후로도 몇 번 더 점심, 저녁, 하루 두 타임씩 운동을 나갔다. 처음 마음먹기가 어렵지 두 번째부터는 처음보다 더 쉬웠다. 65lb(약 29kg)를 넘어 70lb(약 31kg)의 스내치를 가까스로 들게 됐을 때 나는 다시 내 원래 루틴대로 돌아왔다. 전처럼 점심시간에만 운동을 가는 날이 반복됐지만 이전보다 운동 능력이 좀더 향상됐다는 걸 느낄 수 있었다. 무엇보다 더 이상 스내치 동작이 두렵지 않았다.

좋아하는 뮤지션 중에 마이크 포즈너Mike posner라는 사람이 있다. 그가 자주 하는 말 중에 실천을 장려하는 좋은 구호가 있다.

"Move on! Keep going! (이겨내! 계속해!)"

마이크 포즈너의 아버지는 뇌종양으로 세상을 떠났다. 비슷한 시기 열애하던 여자친구와 헤어졌으며 친구인 아비치Avicii

또한 자살했다. 이 모든 일을 겪고 난 후 마이크 포즈너의 삶은 달라졌다. 우선은 덥수룩하게 수염을 길렀다. 더 이상 남에게 보여지기 위한 삶을 살지 않겠다 다짐하며 미국을 걸어서 횡단하겠다 선언했다. 그는 자기 삶의 진정한 의미를 찾기 위해 무려 187일 동안 대서양에서부터 태평양까지 4,588km의 거리를 오롯이 걸어냈다. (이 거리가 얼마나 머냐면… 우리나라 외곽을 한 바퀴 쭉 도는 둘레길이 4,500km다.)

미대륙 횡단을 끝낸 지금에 와서 그는 SNS를 통해 스스로가 달라졌다고 말했다. 새벽 4시에 일어나 명상과 스트레칭, 요가를 한 후 글을 쓴다고. 덕분에 이전보다 삶이 좀더 풍요로워졌다고 말했다. 한창 무대에서 공연할 때만 해도 그는 우울증을 앓았었다. 팬으로서 마이크 포즈너가 안정을 찾아간다는 데 기뻤지만 새벽 4시라는 말과 글을 쓴다는 것에 유독 눈길이 가는 건 어쩔 수 없었다.

내가 하는 많은 실천 중에 글을 쓰는 일이 가장 비효율적인 일에 속했다. 매일 크로스핏 운동을 하고 회사를 다니고 그림도 그리지만 시간 대비 가장 능률이 떨어지는 게 글쓰기였다. 새벽 3시까지 붙잡고 있어도 한 문장도 못 쓸 때가 많았다. 꾸역꾸역 써도 보여주지 못할 내용이란 생각에 서랍 속에 꽁꽁 묶어두는 글도 많았다. 늘 생각처럼 안 되는 글쓰기를 보면서 나는 매시간, 매분, 매초 좌절했다. 그래도 쓰는 행위를 포기할 수는 없었다. 와중에도 틈틈이 메모장에 무언가를 꾸준히 써 내려 가고 있었으니까. 글로 쓰거나 말하지 않으면 사라져버릴 순간들이 너무나 안타까워서였다. 이렇게 모인 짤막한 메모들을 시간이 날 때마다 붙이고 수정하고 삭제하고 다시 쓴 후 장독 보관하듯 참 오래도록 묵혀뒀다 꺼내 놓았다. 그게 바로 이 책이다.

자기 글을 보여주는 데 꽤 소심한 나와는 달리 마이크 포즈너는 자기 일과를 가감 없이 SNS에 올렸다. 미대륙 횡단의 첫 시작부터 중간에 다쳐서 잠정적 중단을 했을 때, 대망의 마지막 날까지도 늘 공개된 공간에 자기 생각을 표현했다. 그렇게 함으로써 본인 스스로도 변화했겠지만 정말로 많은 사람들에게 동기 부여가 됐다. 어떤 이는 사고로 장애를 갖게 됐는데 다시 일어설 용기를 갖게 됐다 했고, 또 어떤 이는 내가 왜 사는지에 대해 다시 한번 고민해보게 됐다고 댓글을 달았다. 타인의 시선에 자신을 규정짓지 않고 끊임없이 새로움을 찾아가는 도전 정신. 자기답게 살기 위해 계속해서 나아가는 굳은 의지. 그렇게 그는 자신의 온몸과 온 마음을 다해서 말하고 있었다.

처음 마이크 포즈너가 자기표현 도구로 걷기를 택했을 때 음악이나 하라며 비난하는 사람들이 많았다. 굴하지 않고 자기 생각을 공개된 공간에 지속적으로 올린다는 것. 그건 보통 용기로는 가능하지 않을 일이었다. 다행히 그가 미대륙 횡단을 끝낸 지금에 와서는 꽤 많은 이들이 이러한 시도를 존중하고 신뢰해주었다. 이제는 단지 음악 잘하는 뮤지션으로서가 아니라 마이크 포즈너라는 사람 자체가 좋아졌기 때문일 테다. 궁극적으로 운동이라는 소재를 통해 말하고 있지만 내가 원하는 글쓰기, 그림 그리기도 이런 선한 영향력을 주기 위한 것일 테다.

크로스핏 용어 중에도 실천을 장려하는 좋은 용어가 있다. 바로 PRPersonal Record이다. PR은 본인이 수행한 최고 기록을 뜻하는 말인데, "나 데드리프트 205lb PR 했어!"라고 말하면 지금까지 들었던 데드리프트 중에 가장 무거운 무게가 205lb(106kg)라는 걸 의미한다. 마찬가지로 "나 풀업(턱걸이) 1분에 20개 했어! PR이야!"라고 말하면 그전까지는 분당 20개까지 풀업을 수행하지 못했다는 걸 의미한다. 고로 내가 두려움을 극복하고 시도했을 때, 노력이 응당 빛을 발했을 때 사용할 수 있는 말이 PR이다.

얼마 전 있었던 크로스핏 오픈 대회에서 나도 PR을 했다.

115lb(51kg) 클린 앤 저크였다. (클린 앤 저크는 역도의 '용상'을 뜻하며 바벨을 쇄골에 걸치는 동작을 클린, 머리 위로 올리는 동작을 저크라고 한다. 두 동작을 연결해서 수행하는 게 클린 앤 저크다.) 들 수 있을까 없을까 솔직히 걱정을 많이 했다. 혹시 역기 들다가 다치면 어떡하지? 아직 대회가 끝나지 않았는데 괜히 다 망치는 거 아니야? 운동을 수행하면서도 끝없이 안 좋은 생각들이 머릿속에서 꼬리에 꼬리를 물고 이어졌다. 경기 제한시간 15분이 남아 있는 상황. 떨리는 마음으로 바벨을 잡았다. 정확히 네 번 시도 만에 한 번을 들 수 있었다. 8분 만이었다. 헤드 코치님이 응원석에서 뛰어나오며 환호했다. 나도 방방 뛰며 기쁨의 하이파이브를 했다. 아직 경기 시간이 7분이나 남았다. 그 후로는 마음을 가다듬고 천천히 반복해서 시도했다. 그러자 기적처럼 또 들 수 있었다. PR 이후, 사람들은 나를 '115 맨'이라 불렀다. 이 말인즉슨 또 다른 PR을 세울 수 있는 가능성을 갖게 됐다는 것이다. 내가 들 수 있는 무게를 넘어서 나는 이제 더 무거운 무게에 도전할 수 있게 된 것이다.

삶에 있어서도 PR의 순간은 참 많다. 그러니 할까 말까 망설일 때 그냥 해보라고 말하고 싶다. 생각보다 우리 안의 가능성은 무궁무진하며 PR은 사실 갱신되라고 있는 거니까. 그러니

하고 싶은 게 있을 땐 못 먹어도 고. 고민하기 전에 고. 모든 시도가 성공으로 끝나진 않겠지만 마이크 포즈너가 그랬듯 내가 그랬듯. 못 할 것 같던 것도 계속 하다 보면 PR의 순간은 반드시 온다.

행복은 기쁨의 강도가 아니라 빈도라는 말이 있다. 인생에서 PR의 경험을 여러 번 쌓아가다 보면 당신은 더 행복한 사람이 될 수 있을 것이다. 더 행복해질 수 있는 가능성이 있는데 왜 생각만 하고 가만히 있겠는가. 그러니 마이크 포즈너도 그렇게 열심히 외치고 있는 게 아닐까.

"Move on! Keep going! (이겨내! 계속해!)"

기록은 거짓말을
하지 않는다

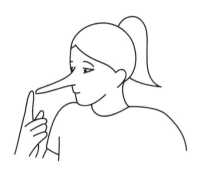

크로스핏 기록은 거짓말을 하지 않는다. 좀더 잘하고 싶다고 해서 거저 주어지지 않고 오래 했다고 해서 쉽게 얻어지지도 않는다. 실력보다 아부가 승진의 조건이 되는 것 같은 직장생활과는 참 다르다.

2년 전 이맘때쯤 예전 상사가 『회사생활 잘하는 기술 ○○가지』라는 책을 선물로 주겠다고, 꼭 한번 읽어보라 했다(몇 가지 인지는 정확히 기억나진 않는다).

"넌 일하는 거 다 좋은데 회사에서 지켜야 할 것에 대해 잘 모르는 것 같아." '회사란 말이야'로 시작되는 그분의 낮은 목소리와 좁아진 미간을 나는 아직도 또렷이 기억하고 있다. 틈만 나면 '내가 삼성 출신이고,' '라떼는 말이야'를 시전하는 분이었다.

착잡한 마음에 퇴근하고 서점에 갔다. 마크 맨슨의 『신경 끄기의 기술』이라는 책이 눈에 들어와 단숨에 읽어 내려갔다. 그리고 주저 없이 그 책을 샀다. 얼마간 사무실 책상 위에 꽂아놓았던 그 책을 지인에게 선물해줄 때쯤 나를 둘러싼 모든 상황이 이상하리만치 나아졌다. 개인 포트폴리오 쌓을 겸 결과보고서 쓰던 게 상사 눈에 들어 운 좋게 임원 보고를 하게 됐다. 『회사생활 잘하는 기술 ○○가지』 대신 먹고 싶은 거 비싼 걸로 사 먹으라는 법인카드를 받았다. 그즈음 대표님이 신경 쓰는 사원으로 내부 인지도가 올라갔다. 결과보고서가 공유되어 여러 사람에게 주목도 받게 됐다. 대우가 좋아졌지만 한편으로는 눈치도 보였다. "대표가 일개 사원한테 왜 저렇게까지 하는지……." 상사가 볼멘소리를 했고 "보여지는 플랫폼 갖고 있으니까 그런 거 아니에요. 나도 그런 일 할래." 동료는 눈살을 찌푸렸다.

열심히 일해도 왜 돌아오는 건 이런 반응인지 의아했다. 계약직에서 정규직으로 전환된 직장이었다. 막내 때부터 '네 일도 내 일, 내 일도 내 일' 스스로 찾아가며 일을 했다. 다행히 대부분의 일에 결과가 예상보다 좋았다. 그렇다고 해서 환경이 크게 나아지진 않았다. 구두로는 전문가 소리를 듣는데 처우는 쉽게 개선되지 않았다.

그러니까 난 늘 도돌이표였다. 일 때문에 나아질 만하면 "회사에서 지켜야 할 것이라는 게 있는데 말이야……." 허들이 내 앞을 가로막았다. 혹시나 하는 일이 잘 안 풀리기라도 하는 날에는 아예 뛰어넘을 기회조차 없어져버리는 그런 허들. 열심히 달리다가도 끝도 없는 허들을 마주하게 되면 이젠 깨달을 수밖에 없었다.

'아, 나는 이 회사 체질이 아닌가 보다.'

시작점이 달라서였을까. 일을 잘한다는 건 성과만으로 가능한 게 아니었다. 어쩌면 회사가 아니라 내가 속한 부서가 나와 맞지 않았던 건지도 모르겠다. 을 중의 을이라 서럽고 억울했

123

지만, 돈은 벌어야 하는 상황 속에서 새로운 돌파구가 필요했다. '여기서 내가, 이보다, 무엇을, 더……'라고 생각했을 때 만나게 된 게 크로스핏이었다. 계절의 변화처럼 자연스러운 흐름이었다.

크로스핏 박스는 마치 대나무숲 같은 존재였는데 그렇다고 동화 속 임금님처럼 여기다가 구구절절 회사생활의 힘듦을 토로하진 않았다. 그냥 열심히 운동했다. 그러다 보면 아무 생각도 안 나더라. 무아지경으로 운동하다 보면 온몸이 땀으로 젖어들었고 그럼 그 순간은 한없이 행복해졌다. 하루에 딱 한 시간 나를 위해 땀 흘린 덕분에 나머지 23시간이 좀더 가치 있어진 느낌이랄까.

"운동 열심히 하면 도파민이 생각 이상으로 많이 분비돼요. 도파민이 쉽게 말해서 흥분, 쾌락 이런 건데 이게 중독임. 마약 같은 현상이라 못 끊는 거야. 담배, 술 못 끊는 사람처럼!"

언젠가 운동을 오래 한 회원분이 내게 말해준 도파민 때문일 수도 있겠다. 어쨌거나 나는 크로스핏을 하고 있는 시간이 너무 좋았다. 크로스핏은 팀 단위로 수업을 듣는데, 짧은 시간 안에 최대한의 운동 효과를 내야 하기에 모두들 최선을 다해서 열심히 했다. 매일 바뀌는 운동만큼이나 격렬히 움직이는 사람들 틈바구니에 껴 있으면 내 안에 잠들어 있던 패기와 도전 정신, 성취욕 또한 되살아나는 기분이었다. 뭐만 하면 안 된다는 직장과 달리 끝도 없이 '할 수 있어! 하나만 더! 돼!'를 외치는 문화는 가히 충격적이었다. 잘하는 사람은 더 잘하려 하고 못하는 사람들은 끝낼 때까지 지켜보고 응원해주는 문화. 이건 정말로 건강한 스포츠였다. 어쩌면 내가 회사에 바란 것도 이런 선의의 경쟁이었을지 모르겠다.

"얼마나 했어? 기록 말해주세요, 다들!"

탈진 상태로 누워 있으면 어김없이 칠판에 오늘의 운동 기록이 새겨졌다. 화이트보드에 적힌 내 이름과 숫자를 보다 보면 뭔가 대단한 일을 한 것처럼 뿌듯하고 기운이 났다. 매번 새롭지도 않고 매번 성과를 낼 수도 없는 평범한 회사원에게 크로스핏 기록이란 정말 매력적인 일이 아닐 수 없었다. 심지어 이 기록은 내가 한 만큼 결과 또한 투명했다. 그리하여 매번 늦어서 혼날까 봐 달음박질쳐가며 회사로 복귀하면서도 점심시간마다 크로스핏 가기를 포기하지 못하는 이유가 다 여기에 있었다. 힘든 회사생활 중에 다행히 돌파구를 찾았고 이상하다 생각하면 더 이상해지는 곳에서 벗어나는 방법도 알게 됐다. 일 잘해도 여러 요소 때문에 승진 못하는 직장에서와 달리 기록은 늘 한 만큼 결과를 건네주었고 공정하고 정직했다. 그렇게 나는 2년이 넘게 매일매일 밥 먹듯 크로스핏 박스에 가고 있다.

비난할 거면 칭찬할 거
다섯 번 생각하고 해줘

"너나 나나 다 부품이야. 나는 이 부품들을 윤이 나게 잘 맞추는 일을 하는 거지. 혹시 이 부품이 잘 안 맞아. 그러면 난 그것만 들어내서 혼자 돌아가게 할 거야."

들으면 들을수록 맥이 빠지는 소리가 아닐 수 없었다. 부품이라는 관습적인 비유 때문만은 아니었다. 나조차도 부품이라고 말하는 상사를 보면서 왜 굳이 말을 저렇게 하는 걸까라는 생각에서였다. 자기 자신까지 깎아내려가며 말하는 게 좋은 걸까 싶다가도 행동은 부품이 아닌 기계 전체를 다루는 사람처럼 하는 상사를 보며 고개를 절레절레 흔들 수밖에 없었다.

"이 회사에 여러 해 재직 중이니 앞으로 몇 년 후면 내가 임원이 될 거야. 내가 매일 쫓는 그분도 곧 자리를 비우겠지. 거길 따라가면 그 자리에 내가 앉고 그 위로 계속 올라가게 될 거야."

무엇에서인지 확신에 찬 눈으로 이글이글 불타오르는 얼굴을 보면 내가 사회생활을 못하는 이유를 알 수 있었다. 나는 곧 죽어도 저렇게 될 수 없는 인간이었다. 저렇게 되고 싶지도 않고.

얼마 전 책에서 봤는데 인간은 긍정적인 신호보다 부정적인 신호를 다섯 배 더 강하게 받아들인다고 했다. 그러므로 한 번 비난을 받으면 다섯 번 칭찬을 받아야 마음이 원래 상태로 되돌아갈 수 있다고. 오늘 부품이라는 소리를 들었으니 인간적이란 말을 다섯 번 더 들어야 하는 걸까 생각하며 회의실을 나왔다. 자리로 되돌아가면서 모든 호운과 모든 좋은 요소들이 따라줘서 상사가 정말 자기가 바라는 위치에 앉게 됐을 때를 떠올려봤다. 그리고 그때의 내 모습도. 얼른 방향을 돌리라는 듯 눈앞에서 깜빡이 신호가 깜박깜박 울리는 것 같았다.

그날 저녁, 크로스핏. 언니 오빠 동생들과 반갑게 인사하고 준비운동을 하는데 자꾸만 부품이라는 말이 머릿속을 떠나지 않았다. 스트레칭을 하면서 앞에 있는 A언니와 눈이 마주쳤다.

"사는 거 왜 이렇게 힘들죠."

왜인지 모르겠지만 툭하고 진심을 말해버렸다.

"원래 힘든 거야."

언니는 1분도 고민하지 않고서 바로 대답했다.

"태어났으니깐 사는 거지."

인생 통달한 말투였다. 그게 또 이상하게 위로가 돼서 웃음이 나버렸다. 역시 힘들 땐 '기승전운동'인 건가. 그날의 운동은 곧잘 하는 캐틀벨 운동이 나왔는데 사람들이 잘한다, 잘한다 그러니까 또 기운이 났다. 회사에서는 그래봤자 결국 너도 부품이라는 소리를 실컷 듣고 왔는데 여기선 하나만 잘해도 다섯 번 칭찬을 해주니 감사할 따름이었다. 그럼에도 불구하고 잘한다는 칭찬을 들으면 늘 아니에요, 라는 말이 먼저 나왔다.

"너 아니에요 봇이야? 왜 잘한다는데 싫대?"

볼멘소리로 옆에서 투덜대는 코치님에게 아무 말도 하지 못했다. 내가 다니는 박스엔 잘하는 사람들이 너무너무 많으니까. 결국에는 부끄러워서였다. 어쩌면 칭찬에 인색한 회사생활에 익숙해져서일지도 모르겠다.

저녁 운동이 끝나고 나서는 나이 많은 오빠가 내게 말을 걸어왔다. 인스타그램에 연재하고 있는 웹툰을 보고 싶다며 자신의 핸드폰을 내게 건넸다. 인스타그램을 이용하지 않아서 못 보고 있었다는 말 또한 덧붙였다. 옆에 앉아 설치하는 방법과 이용 방법을 가르쳐주었다. 일단 앱을 설치했으면 검색창에 ID를 입력하고 좋아요를 누르면 된다. 일련의 과정을 설명하다 보니 오빠의 스마트폰 키 양식이 요즘 잘 안 쓰는 천지인 자판이라는 걸 알 수 있었다. 재밌어서 살짝 놀렸는데 민망했는지 오빠가 이런 말을 했다.

"퍼거슨 형이 그랬어. SNS는 낭비다. 소셜미디어를 한다는 건 그런 거지."

나는 그런 오빠를 가만히 바라보다가 짓궂게 대답했다.

"존 레논이 그랬어요. 즐겁게 낭비하는 시간은 낭비가 아니다~"

오빠는 흠칫 놀라더니 "아…… 내가 너무 나이 들어버렸어." 두 손으로 머리를 감쌌다. 그러고서 앓는 소리를 냈다.

"크로스핏 말고 골프나 하러 가야겠다. 거긴 내가 제일 어려."

빈말일 게 분명했다. 표현이 서툴러도 나는 천지인 자판을 쓰는 오빠가 크로스핏을 참 사랑한다는 걸 알고 있었다. 다음 날도 다다음 날도 오빠는 골프하러 가지 않고 크로스핏 박스에 나왔다. 웹툰 재밌게 잘 보고 있다며 스마트폰을 안녕하듯 양옆으로 흔들기도 했다. 나는 환하게 웃으며 "진짜 재밌어요?" 되물었다. 바라본 핸드폰 화면에는 소셜 앱이 등대처럼 환하게 켜져 있었다.

어쩌면 상사도 자기 자신을 부품이라 깎아내렸지만 회사에서의 입지를 알고 있기에 대체 불가능한 본체가 되려고 저렇듯 아등바등 일하는 게 아닐까. 윗사람들에겐 잘하고 아랫사람들에겐 권위를 내세우며 자신이 부품을 잘 조절한다고 여기면서. 그럼에도 불구하고 상사의 표현 방식은 여전히 잘 이해할 수 없었다. 가령 내가 나이 많은 오빠에게 왜 이것도 못하냐, 어차피 인스타 안 하는데 그냥 보지 말아요, 이것도 모르면 볼 자격이 없어요, 라고 말했으면 상대방은 기분 나빠했을 게 분명했다. 퍼거슨이 말했던 SNS는 인생의 낭비라는 부정적인 말에 덜컥 동의해버렸다면 오빠는 웹툰을 보는 즐거움을 얻을 수 없었을 거다. 나 역시 계속해서 열심히 콘텐츠를 만들어야겠다는 의지를 다잡지 못했을 테고. 이처럼 하나의 사안에 대해서도 사람마다 이렇게 말할 수 있고 저렇게 말할 수 있는데, 마찬가지로 내가 한 말이 누군가에게 좋게 받아들여질 수도 나쁘게 받아들여질 수도 있는데, 부정적인 말을 할 때는 제발 한 번이라도 더 생각해서 말해줬으면 싶었다.

세월이 벌써 이만큼 흘러 나는 이제 5년차가 됐고 그동안 팀도 한 번 이동됐다. 사무 환경이 변했듯 일에 대한 태도 또한 달라졌다. 요즘엔 새로운 일을 하기보다 매일 정해진 일을 나사처럼 행할 때가 더 많았다. 맡은 일을 시간에 맞춰 끝내는 것, 받은 만큼 일을 하는 것. 생각해보면 그 사이 나 역시 많이 달라져 있었다. 부품이라고 하니깐 부품에 맞춰서 행동하자, 열정과 인간다움은 회사 밖에서 찾으면 된다. 어느새 '존버' 정신으로 똘똘 뭉친 염세주의자가 돼버린 거였다.

다행인 건 직장 다음으로 많은 시간을 보내는 크로스핏이 정체된 내 삶에 활기를 불어넣어 주었다는 거다. 최근 2년 동안은 한 번 잘해도 다섯 번 칭찬해주는 영혼의 닭고기 수프 같은 크로스핏이 있어서 또다시 힘을 낼 수 있었다. 일터에서 아무리 깨지고 부딪쳐도 늘 등 뒤엔 크로스핏이 있었다. 미생보다 더 미생 같은 일들이 하루에도 몇 번씩 일어나는 게 회사라는 공간이지만 그래도 아직까지 버틸 수 있는 이유는 크로스핏에 있지 않을까. 미생은 판타지잖아, 드라마야라는 말이 나올 만큼 내겐 매번 해피엔딩을 바랄 수 없는 게 회사생활이지만 오늘도 회사에서 벌어들인 월급으로 크로스핏 박스에 등록할 수 있어서, 부정적이기보단 긍정적인 사람들과 함께 운동할 수 있어서 참 다행이다.

여기도 유노윤호,
저기도 유노윤호

내가 다니는 크로스핏 박스엔 열정 만수르들이 참 많다. 확실히 유노윤호 같은 사람들 사이에서 운동하는 기쁨이 있다.

"너 또 웹툰 소재 생각하지? 그거 요즘 더 재밌어졌더라."

나는 입꼬리 올라가는 걸 억지로 참으면서 말한다.

"언니 오빠들이 모두 주인공이 될 때까지 계속 그릴 거예요."

주중 퇴근 후, 주말 내내 고생해서 그린 웹툰이 재미있다고 말해주면 기분이 참 좋다. 주변에 좋은 걸 좋다고 말해주는 사람들이 많은데 그저 감사할 따름이다. 요즘 나의 열정은 글쓰기와 그림 그리기니까.

생각하건대 열정은 사실 좋아해야 나오는 것이다. 유노윤호를 빌려왔지만 내 입장에서는 이것저것 다 열심히 하는 걸 열정이라고 부르진 못하겠다. 다만 좋아하는 것을 알고 그것에 더 열심히인 건 열정이라 부르는 게 맞았다. 그래서 나는 사람들이 어떤 일에 열정을 쏟아내는 걸 바라보는 게 좋았다. 열정을 아무 데나 남발하는 사람 말고 좋아하는 게 뭔지 알고 거기에 열정을 쏟는 사람들, 그런 사람들을 보고 있으면 이상하게 빛이 났다. 그 빛에 머리를 묻고 가만히 있다 보면 내가 뭘 할 때 심장이 뛰는지 쿵쿵거리는 소리가 들릴 것만 같았다.

언젠가 A오빠가 "이번 회사 프로젝트를 왜 해야 하는지 모르겠어."라고 말했다. "장기 프로젝트라 그거 하는 동안은 크로스핏도 못 나올 텐데." 풀 죽은 목소리였다. 저녁 늦게도 못 올 수 있다며 비통해하는 오빠를 보며 '아…… 이 오빠는 정말 크로스핏을 사랑하는구나' 생각했다. 아무렴 회식하고 나서도 밤 9시 반에 운동 올 정도니 이미 말은 다 했다.

B오빠는 늘 점심시간에 운동을 하러 왔다. 회사를 다니는데도 불구하고 항상 시간적 여유가 흘러넘쳤다. "오빠네 회사

는 왜 이렇게 좋아? 늦게 들어가도 괜찮아?" 한번은 부러워서 물어본 적이 있었다. "아니, 나만 이런 거야." 시크한 답변을 받았다. 정말로 회사를 별로 신경 쓰지 않는 것 같았다. 운동은 늘 수업시간 10분 전에 와서 준비운동을 했다. 칠판 기록도 항상 최고 기록을 남겼다. 오죽하면 맨날 1등만 해서 별명도 '111' 이었다. 최근에 결혼을 했는데 신혼집도 박스에서 걸어서 10분 거리로 잡았다. 오빠의 아내가 이사 와서 제일 먼저 한 일 또한 크로스핏 박스를 등록한 거였다.

생각해보면 이들은 모두 있는 열정, 없는 열정을 크로스핏에 쏟고 있었다. 어쩌면 자기가 제일 사랑하는 운동, 잘하고 싶고 오래 하고 싶은 것을 지켜내려고 부수적인 생업을 이어오고 있는 건지도 몰랐다.

회사에서는 그런 말을 자주 들었다.

"넌 일이 재밌니? 나야 애 때문에 일하지."

"이 나이에 퇴직하면 친구들 보기에 면도 안 서."

누군가는 부양해야 할 가족 때문에 누군가는 사회관계망 때문에 생업을 이어가는구나. 불현듯 나는 그럼 뭐 때문에 회사를 다니나 생각하게 됐다. 일 때문인가? 바로 고개가 저어졌다. 회사 안에서의 일은 하면 할수록 삽질하는 기분이 들었다. 그리하여 일의 기쁨보다 일하는 사람들로부터 받는 슬픔이 더 커져버려서 나는 탈출구처럼 운동을 찾았다. 대체 뭐 때문인 걸까. 회사라는 공간에서도, 운동하는 공간에서도, 사람이라면 누구나 열정을 쏟는 대상을 가지고 있고 그 대상이 만들어낸 가치를 영위해 나가기 위해 싫어하는 일, 억울한 일, 화나는 일을 꾹꾹 눌러 참으며 살아가고 있는데. 나는 결혼도 하지 않았고 애도 없는데, 지금 뭐 때문에 이 회사를 다니는 걸까?

지난여름, 책상을 들다가 손가락이 다친 후로 꼬박 일주일 동안 크로스핏을 쉰 적이 있었다. 매 점심시간마다 크로스핏 박스에 가고 싶었지만 참았다. '건강해야 크로스핏 더 오래 할 수 있잖아.' 밥솥에 뜸들이듯 애써 나를 다독였다. 아픈 새끼손가락을 쥐었다 폈다 '셀프' 치료를 하며 가고 싶은 마음을 오기로 참아내던 그 주, 산책도 하고 맛집도 가봤지만 마음이 허전한 건 어쩔 수 없었다. 음식을 아무리 채워 넣어도 속이 허한 기분이랄까. 그렇게 월화수목이 가고 금요일이 왔다. 더는 못 참겠다는 마음으로 커피를 사들고 박스로 갔다. 박스 문 앞에는 큰 소파가 놓여 있었다. 그곳에 앉아 사람들이 운동하는 걸 가만히 구경했다. 한창 수업을 듣고 있던 B오빠가 날 발견하고 이리로 다가왔다.

"손가락 다쳤다고? 두 손가락으로도 오늘 운동은 할 수 있어."

그러고서는 내 눈 앞에서 두 손가락으로 풀업(턱걸이)을 했다. 너무 잘해서 헛웃음이 나올 정도였다. 철봉에 매달린 채 자유자재로 몸을 움직이는데 순간 나도 두 손가락으로 풀업을 할 수 있지 않을까? 말도 안 되는 상상을 했다. 멀쩡할 때 열 손가락을 다 써도 제대로 해내지 못하던 게 풀업이었다.

얼마 안 가 운동이 시작됐다. 처음으로 이 시간대에 운동을 하지 않고 밖에서 운동하는 모습을 지켜보게 됐다. 타임워치가 정신없이 흘러가고 있었고 제한 시간 안에 한 개라도 더하려고 안간힘을 쓰는 사람들을 보며 심장이 뛰었다. 이렇게 열정 넘치는 풍경이라니. 그제야 좀 알 것 같았다. 내가 여길 왜 이렇게 오고 싶어 했는지, 나 또한 생업을 이어가는 이유에 크로스핏이 있다고, 내게 있어 아주 중요한 게 크로스핏이라고 인정할 수밖에 없었다.

실제로 비슷한 시간대에 일반인 회원들이 하나라도 더 하려고 애쓸 때 나는 감동받고 흥분했다. 그렇게 실패해도 멋있고 성공해도 멋있었다. 그건 운동을 잘해서 그런 게 아니었다. 어떻게든 해보려는 그 마음이 보일 때 그 자체로 사람이 너무 멋있어 보이는 거였다. 자기 한계에 부딪치며 최선을 다하는 모습. 크로스핏에서는 매번 그러한 열정을 마주할 수 있었고, 덕분에 정체돼 있던 내 심장도 하루 한 시간씩 콩닥콩닥 뛸 수 있었다.

주말을 보내고 그다음 주부터 다시 운동을 하기 시작했다. 월요일에는 때마침 내가 잘하는 역도 동작이 나왔다. 손가락이 다 나았나 염려되는 마음에 무게를 평소보다 가볍게 세팅했다. 지난주에 풀업 시범을 보였던 B오빠가 어느새 옆에 와서 잔소리를 했다.

"열심히 해. 쉽게 하지 말고. 솔직히 너 더 할 수 있는데 손가락 아프다고 휴대폰 무게만 한 걸로 운동할 거야?"

그러더니 '라떼는 말이야'를 시전하기 시작했다.

"나는 손목 아파서 회사에서 마우스도 안 눌러질 때도 크로스핏하러 왔었어."

무슨 이런 꼰대가 다 있나 싶다가도 입꼬리가 자동으로 올라갔다. 사실 두 손가락만으로 풀업을 연속으로 해낼 정도면 보통 독해야 할 수 있는 게 아니었다. 그리고 오빠가 평소에 얼마나 열심히 노력하는지 아니까, 정말 마우스 안 눌러질 때에도 운동하러 왔을 거라고 믿으니까. 까짓거, 나도 더 해본다는 마음가짐으로 무게를 올렸다.

"어이, 12시반 에이스들~"

무게를 올리고 있는 와중에 뒤에서 우릴 부르는 목소리가 들렸다. 오전 11시반 운동을 마친 후 마무리 운동을 하고 있는 오빠들이었다. 이분들도 정말이지 프로 열정러였다. 평균 나이 마흔인데도 불구하고 매일같이 고강도 운동을 했다. WOD가 끝난 후에도 박스 뒤쪽에서 그룹 지어 복근 운동이나 어깨 운동, 스쿼트 같은 보강 운동을 자발적으로 더 하곤 했다. 적지 않은 나이임에도 고강도 운동이 끝난 후에 자율적으로 또 다른 운동을 했다.

"우린 살려고 운동하는 거야. 중년 남성들의 비애라고. 이렇게 관리해야 된다?"

내가 가끔 존경의 눈빛으로 바라보면 이건 그냥 생존의 문제라고 손사래 치곤 했다. 그런 모습에 또 웃음이 나왔다. 나이 차이가 꽤 나는데도 오빠들이 나를 편하게 대해줄 때면 세대 간의 위화감이 전혀 느껴지지 않았다. 저렇게 건강하게 나이 들어가고 싶다는 생각을 자주 했다. 일이든 운동이든 좋아하는 걸 열심히 하고, 나이나 직책을 빌미로 쓸데없이 권위를 세우지 않는 어른이 되고 싶다고.

크로스핏을 오래 할수록 열정 넘치는 사람들 속에서 운동하는 게 얼마나 좋은 건지 깨닫게 된다. 열심히 하는 사람들 사이에서는 결국 나 또한 열심히 하게 되고, 좋은 커뮤니티는 결국 나 또한 좋은 사람으로 만들어낸다. 그리하여 유노윤호들이랑 한 공간에서 운동하는 기쁨이 참 크다.

핵인싸 되는 법

'인싸'라는 소리를 듣는다. 어디서든 잘 어울리네, 라는 소리를 들을 정도로 주변에 사람이 많다. 매일같이 커뮤니티 운동을 한다. 운동이 끝난 후에는 인스타그램에 오늘 수행한 운동 인증 기록을 올린다. 운동 좋아하고 활기찬 친구들이 댓글을 남긴다. 오늘도 너무 수고했어. 살살 뛰자. 멋져. 건강미. 그렇게 나는 점점 인싸가 되어간다······.

생각해보면 중고등학교 때 나는 거의 존재감이 없었다. 어느 날의 나는 기 센 친구들에게 탈탈 털린 분필털이 같았고, 또 어느 날의 나는 빨아도 빨아도 땟국물이 나오는 걸레처럼 깊은 우울감에 빠져 있었다. 당당하게 '마이 웨이'를 외치는 '자발적 아싸'도 아니었던 내가 성인이 되어 인싸처럼 보인다는 건 정말이지 아이러니했다. 나무위키에서 찾은 인싸의 의미는 아래와 같았다.

1) 무리 내에서 겉돌지 않으며 존재감이 확실하고 호감형 이미지를 가지고 있음.

2) 타인과 두루 친하고 현실에서 열심히 사는 사람.

요즘은 인싸라는 용어에 '관종 끼'가 포함돼 있어 다소 부정적으로 인식되는 경우도 있다만 어찌 됐든 내가 속한 그룹에 잘 어우러진다는 의미에서는 나쁘지 않다. 아니, 오히려 좋다.

"넌 점심반 마스코트지."

이런 말을 들으면 내가 꼭 필요한 사람 같아서 자존감이 높아지기도 했고 어딘가에 소속됐다는 것 하나만으로 기댈 곳이 생긴 것 같아 든든해졌다. 그리하여 나는 이제 모두가 자기만의 인싸력를 찾는 방법에 대해 말해볼까 한다.

살다 보면 아무리 노력해도 잘 맞지 않는 사람들이 있다. 그런 사람들은 껴달라고 그렇게 비집고 들어가는데도 어김없이 나를 밀쳐내 버리곤 했다. 마치 카프카 소설 「공동체」 속 '우리 다섯'처럼 말이다. 소설에는 '다섯'이라는 공동체에 들어가고 싶어 하는 여섯 번째 사람이 나온다. 그에게서 특별히 모나거나 잘못된 부분은 보이지 않는다. 그러나 이미 형성된 다섯의 공동체는 그를 받아들이려고 하지 않는다. 다섯에게서는 가능하고 참아지는 것이 여섯 번째에게는 가능하지도 참아지지도 않기 때문이다. 이처럼 같이 있다는 것 자체가 무의미한 데도 끊임없이 여섯이 밀고 들어오려 한다. '우리'가 되고 싶기 때문이다.

읽다 보면 참 답 없는 이야기란 생각이 든다. 관계라는 건 본디 상호작용으로 진행되는 거라 내가 아무리 좋아해도 상대방이 밀어내면 답이 없다. 뉴턴의 운동 제3법칙, 작용과 반작용의 법칙을 인간관계에 가져와서 말해보자면 계속해서 밀려나다 보면 반대로 그만큼 더 집착하거나 그만큼 더 싫어질 수밖에 없다. 그러니 이런 답 없는 문제에 고민하고 좌절할 바에야 그 시간에 또 다른 문제를 찾아보는 게 낫지 않을까. 내가 생각한 답에 근삿값에 달하는, 혹은 내 답이 곧 정답인 그런 문제 말이다. 내가 2년 넘게 지속하고 있는 달리기와 크로스핏은 기본적으로 커뮤니티 운동이다. 여기서의 달리기란 혼자 뛰는 게 아니라 러닝 크루 또는 동호회에 속해서 달리는 걸 의미한다. 크로스핏은 애초에 함께하는 그룹 운동으로 설계돼 있다. 둘 다 적게는 두 명, 많게는 수십 명이 함께하는 운동이기 때문에 처음 시작할 때는 주저했었다.

'내가 과연 적응할 수 있을까? 더는 사람에게 상처받기 싫은데.'

그즈음 나는 혼밥의 정석을 찍고 있었다. 예스맨으로 일하던 회사생활에 염증이 날 대로 나버렸고 업무 외적인 일로는 부서 사람들과 더 이상 부딪치고 싶지 않았다. 모난 돌이 정 맞는다는 말처럼 거의 매일같이 가슴에 대못 박히는 일들이 일어났다. 하루 8시간 이상 일하는 직장도 이러한데 단체 활동이나 동호회를 할 수나 있을까? 두려웠지만 두 눈 질끈 감고 일단 시작했다. 운동이라도 하지 않으면 도무지 답답한 마음을 풀어낼 곳이 없었으니까.

'우리는 유령처럼 달리기만 하고 흩어집니다.' 오로지 운동 외에는 다른 친목은 하지 않겠다는 슬로건을 내건 달리기 동호회에 들어갔다. 월요일, 목요일 일주일에 두 번 있는 정기 런에 꽤 오래 열심히 참여했다. 크로스핏 또한 사생활을 터치하지 않는 편인 점심반에 뿌리를 내렸다. 하루 중 제일 소중하다는 점심식사를 포기하고 오는 이들이라 텃세나 간섭 없이 운동에만 집중할 수 있었다. 이쯤 되면 내가 여섯이 될 수 있는 확률을 얼마나 줄이고자 노력했는지 알 수 있을 것이다.

그런데 아이러니하게도 '매일' 또는 '자주'라는 단어가 붙어버리자 나는 절대 여섯이 될 수 없었다. 일단 안면을 트고 눈인사를 하게 되니 대화를 하게 됐고 자연스레 친해졌다. 친해지면 찾게 됐고 계속 찾게 되면 오래도록 함께하고 싶어졌다. 유령 이미지를 표방했던 달리기 동호회는 어느새 스태프 급에 준하게 위치가 격상했고, 각종 달리기 관련 행사에 동호회 소속 페이서로 뛰게 됐다. 크로스핏에서도 마찬가지였다. 1년 만에 겨우 몇 마디 사적인 말을 튼 오빠들과 어느 사이엔가 허물없이 대화하고 장난치며 투닥거리게 됐다. 어쩌다 하루라도 점심반에 빠지는 날이면 운동을 같이 하는 언니에게 전화가 왔다. 어디냐고. 얼른 오라고. 그리하여 나는 여섯이 아닌 우리 다섯이 돼버렸다.

'욕심이지만 더 이상의 변화 없이 이 멤버 그대로 쭈욱 갔으면 좋겠다.'

스스로 이런 생각을 하는 게 놀라울 지경이 돼버릴 정도로 카프카 소설 속 우리 다섯처럼 여섯을 받아들이기 싫어하게 돼버린 것이다. 그렇게 나는 인싸가 됐다.

사실 나는 지금도 내가 외향적이라는 생각은 하지 않는다. 다만 나와 맞는 사람들이 어딘가에 있을 거라고는 이전보다 더 확신하고 있다. 직장에서 최악인 상사가 집에서는 좋은 아빠이고 최고의 남편이 될 수 있듯이 인간관계, 커뮤니티 또한 마찬가지이다. 나라는 사람이 A라는 집단에는 맞지 않아도 B라는 집단에서는 꼭 필요한 존재가 될 수 있다는 걸 항상 머릿속에 인지하고 살아야 한다. 그래야 타인 또는 타인들에게 상처받지 않고 나를 온전히 잘 지켜낼 수 있다.

'죄도 없는데 여섯 좀 받아주지.'

예전에만 해도 여섯이 너무 불쌍했다. 그러나 이제 나는 여섯이 다섯이 되려는 게 의미 없다는 생각을 한다. 밖에서 안이 되려고 하지 말고 그냥 내가 안이 되면 될 것 아닌가. 사람의 마음을 움직이는 초능력자가 아닌 이상 상대방을 내 입맛 따라 바꿀 수는 없다. 결국 내가 바꿀 수 있는 건 나 자신뿐이다. 수단과 방법을 가리지 않고 여섯에서 다섯이 될 것이냐, 아니면 별로 힘 들이지 않고 또 다른 넷을 찾아 다섯을 만들 것이냐. 그건 오로지 자기 자신에게 달려 있을 것이다.

나는 관료주의 풍조와 보여주기식 업무가 성행하는 회사생활에 지쳐버린 지 오래였다. 사회생활 잘하고 커뮤니케이션 잘하는 것도 일이라지만, 그것도 마음에서 우러나야 하는 게 아닐까. 스스로 이해되지 않는 행동 앞에서 계속해서 머리를 숙여야 한다면 굳이 이제 그렇게까지는 하고 싶지 않았다. 세상엔 정말 많은 회사가 있고, 팀이 있으며, 또 그만큼 다양한 일의 형태가 있을 테니까.

이는 모든 커뮤니티에 마찬가지로 적용된다. 세상엔 많은 러닝 동호회가 있으며, 하다못해 한 개의 크로스핏 박스에도 변동 가능한 시간대가 다양하게 있다. 그걸 알면 너무 하나에 매몰되지 않아도 된다. 그리하여 타의적 아싸에서 자발적 아싸로, 더 나아가 인싸로 바뀔 수 있게 되는 것이다. 어디까지나 내가 모든 사람을 좋아할 수 없듯이 모든 사람도 나를 좋아할 수 없다는 불변의 이치를 깨달으면 마음이 좀 편해진다.

이건 일에도 적용된다. 인맥 관리 못해도 성취감 갖는 게 좋으면 그냥 일만 열심히 책 잡히지 않을 정도로 잘하면 된다. 굳이 일이라는 걸 둘러싼 회사 체계, 함부로 대하는 사람들을 전부 다 좋아하기 위해 나를 갈아 넣으며 상처받지 않아도 된다.

취미에 있어서도 같이 하고 싶은 사람들 몇몇과 함께 땀 흘리고 웃고 즐기면 되는 거지 굳이 텃세 부리는 사람들, 우리라는 말로 가축 사육하듯 하나의 우리를 만들어버리는 공동체 전체를 좋아할 필요는 없다. 내가 정말로 사랑하는 일, 내게 정말로 소중한 사람들 한두 명과의 관계를 온전히 지켜가기에도 인생은 너무나 짧으니까. 그렇게 나를 지키고 내가 사랑하는 것들을 소중히 여기며 서서히 나와 맞는 공동체를 찾아나가면 된다.

　핵인싸 되는 법, 이라고 제목 지었지만 언제 어디서나 '핵인싸'가 되기 위해 애쓰진 않아도 된다. 내가 좋아하는 일, 나와 맞는 사람들을 만나게 되면 저절로 핵인싸스럽게 될 테니까.

[크로스핏 용어 정리]

크로스핏을 등록하고 난 후 처음 칠판을 봤을 때 007 암호인 줄 알았다. 영어를 20년 넘게 배웠지만 저게 대체 뭘 뜻한단 말인가. AMRAP, EMOM, 1RM, TABATA, 영어로 된 축약어를 보면서 크로스핏이 미국 운동이라는 걸 새삼 깨달았다. 2000년 미국에서 최초로 설립된 크로스핏은 20년 만에 전 세계 120개 나라로 퍼져 13,000개의 지부를 갖게 됐다. 현재 우리나라에도 171개의 크로스핏 정식 지부가 존재하고 있다. 영어로 된 운동 용어와 그 용어에 맞는 동작만 이해하면 언어 장벽 없이 세계 어느 곳에서든 손쉽게 할 수 있는 운동이 크로스핏이었다. 하지만 초보자가 이 용어를 이해하기까지는 꽤 오랜 시간이 걸렸다. 나무위키에 크로스핏을 검색해보면 한글 패치가 시급하다는 의견도 있었다. 그러므로 이 장에서는 크로스핏을 하지 않는 분들에게 다소 난해할 수 있는 운동 용어를 간략하게나마 정리해보겠다.

일러두기
- 책에 사용된 크로스핏 용어 위주로 알기 쉽게 정리했습니다.
- 다른 글들을 읽다가 어려울 시 이 챕터로 돌아오는 걸 추천합니다.

기초 용어 정리

명칭(한글)	명칭(영어)	뜻
크로스핏	CrossFit (Cross training +Fitness)	여러 종류의 운동을 한데 섞어 신체를 단련하는 운동. 특정 근육을 집중적으로 발달시키기보다 다양한 근육을 골고루 발달시켜 인간의 기본 신체 능력을 키우는 게 목적이다.
박스	Box	크로스핏터들이 운동하는 공간을 일컫는 말.
와드	WOD(Workout of the day)	크로스핏에서 말하는 오늘의 운동 프로그램. 매일 달라지며 주로 전날 저녁에 공개된다. 연중 겹치는 운동이 드물 정도로 그 종류가 매우 다양하다.
알엑스디	Rx'D (Rx=As prescribed, D=day or daily)	'처방한 대로'라는 뜻으로 와드를 무게/횟수/운동방법 수정 없이 수행하는 운동 방식이다. * 보통의 와드는 엘리트 운동선수 기준으로 만들어진다.
스케일	Scale	개인 능력에 맞춰 무게/횟수/운동방법을 조정하여 와드를 수행하는 운동 방식을 말한다.
웜업	Warm up	와드 전 준비운동.
스트렝스	Strength	근력 훈련, 힘을 키우기 위한 운동.
짐네스틱	Gymnastics	체조 훈련, 신체의 유연성과 코어 안전성을 높이기 위한 운동.
리프팅	Lifting	역도 훈련, 아래에서 위로 무거운 무게를 들어 올리는 운동.
파운드	lb	파운드를 뜻하는 무게 단위(1kg = 2.22lb).
플레이트	Plate	'판'이라는 뜻으로 바 양쪽에 끼우는 동그란 모양의 중량 원판.
피알	PR(Personal Record)	개인 최고 기록.
렙	Rep	운동 동작이 개수로 인정될 때 부르는 말.
노렙	No Rep	운동 동작이 완벽하지 못해서 개수로 인정되지 않을 때 부르는 말.
크로스핏 게임즈 오픈	CrossFit Games OPEN	연중 한 번씩 크로스핏 챔피언을 뽑는 대회 크로스핏 게임즈(CrossFit Games)가 열린다. 이를 위한 예선 대회가 바로 크로스핏 게임즈 오픈이다. 줄여서 오픈이라고 부르며 전 세계 크로스핏터들의 축제라고 여겨진다. 오픈을 통해 각 나라별로 남/여 1등을 뽑아 세계 대회 참가자를 선출하며, 크로스핏 정식 지부 회원이라면 누구나 참여 가능한 이벤트이다. 오픈 참가자는 총 5주에 걸쳐 5개의 와드(운동)를 수행해야 하며 한국 시간으로는 매주 금요일 오전 9시에 그 주의 운동을 공개, 운동 기록은 그다음 주 화요일 오전 9시까지 크로스핏 게임즈 앱(CrossFit Games App)을 통해 기록할 수 있다. 이 운동 기록을 바탕으로 내가 속한 크로스핏 박스 안에서의 내 순위, 한국에서의 내 순위, 세계에서의 내 순위를 살펴볼 수 있다.

운동 방식

명칭(한글)	명칭(영어)	뜻
앰랩	AMRAP (As Many Round As possible)	정해진 시간 안에 최대한의 횟수를 수행해야 하는 운동 방식.
포타임	FT (For time)	주어진 운동을 최대한 빠른 시간 내에 끝내는 운동 방식.
이엠오엠	EMOM (Every Minute On the Minute)	주어진 운동을 1분 내로 진행하고 1분 내로 해내지 못하면 운동 종료(매 1분 = 매 라운드).
타바타	TABATA	20초 운동, 10초 휴식을 8회 반복하는 운동 방식.
알엠	RM (Repetition Maximum)	들 수 있는 최대 중량. 예) 1RM은 한 번에 들 수 있는 최대 중량, 2RM은 두 번 동안 들 수 있는 최대 중량, 3RM은 세 번 동안 들 수 있는 최대 중량…….
언브로큰	Unbroken	쉬지 않고 끝까지 운동 수행.

동작 용어

명칭(한글)	명칭(영어)	뜻
더블언더	DU(double under)	2단 줄넘기, 쌩쌩이라고도 부름.
싱글언더	SU(Single under)	1단 줄넘기.
클린	Clean	바닥에 있는 물체를 어깨까지 끌어올려 받아내는 동작.
저크	Jerk	바닥에 있는 물체를 머리 위로 들어 올리는 역도 동작.
풀업	pull-up	턱걸이.
키핑풀업	kipping pull-up	반동을 이용한 턱걸이. 기본 턱걸이와 달리 코어와 하반신의 도움을 통해 턱을 철봉 위로 올림.
토투바	Toes to bar	철봉에 매달린 채 몸을 폴더처럼 접어 두 발끝이 철봉에 닿게 하는 운동 동작.
쓰러스터	Thruster	바벨이나 덤벨을 든 채 스쿼트 자세로 앉았다 일어나면서 머리 위로 들어 올리는 운동 동작.
데드리프트	Deadlift	바닥에 영점으로(Dead point) 놓인 바벨을 쭉 끌어서 들어 올리는 운동 동작.
쥐에이치디 씻업	Glute Had Developer sit up	기구(GHD 머신)에 앉아 허리를 뒤로 꺾어서 바닥에 손이 닿았다 일어나는 윗몸일으키기.
숄더프레스	Sholder press	어깨 앞쪽에 바벨을 얹은 상태로 반동 없이 머리 위로 바벨을 들어 올리는 운동 동작.
푸시프레스	Push press	숄더프레스 동작에서 무릎을 굽혔다 펴는 반동 동작이 추가된 형태.
케틀벨	Kettle bell (Kettle=주전자, bell=종)	복근, 엉덩이, 허벅지에 힘을 준 자세에서 무거운 추를 앞뒤 좌우로 움직이는 운동.
버피	Burpee	바닥에 엎드렸다 일어나 점프한 후 머리 위로 박수를 치는 운동 동작.
월볼샷	Wall ball shot	스쿼트 자세로 앉았다 일어서며 벽에 새겨진 타깃 지점에 볼을 던졌다 받는 운동 동작.
파워 스내치	Power Snatch	바닥에 있는 바벨을 중간 동작 없이 머리 위까지 단번에 끌어올리는 운동 동작.
박스 점프	Box jump	바닥에서 두 발로 힘차게 점프해서 박스에 올라가는 운동 동작. 박스에 올라갈 땐 스쿼트 자세를 취하며 다 올라섰을 땐 엉덩이를 펴야 렙으로 인정된다.

3

땀 빼고 광내서 살아가기

운동하는데 왜
살이 안 빠지지?

이제 막 운동을 끝마친 오빠가 뒤에서 가쁜 숨을 내쉬며 걸어 나왔다. 벌써 이 박스에서만 수년째 운동하고 있는 40대 회원이었다.

"아, 오늘 멸치들 운동이었어. 햄버거 세 개는 먹을 수 있을 것 같네."

그 말을 듣던 또 다른 오빠가 대답했다.

"당연하지. 우리는 잘 먹어야 잘 들 수 있어."

만담처럼 이어지던 둘의 대화는 어느새 셋이 되고 셋은 넷이 되어 이제 진짜로 골똘히 점심 메뉴를 정하기 시작했다. 바벨 떨어트리는 소리와 가쁜 호흡 소리만 가득했던 박스는 어느새 먹는 얘기로 떠들썩해졌다. 운동을 더 하기 위해 먹고 싶은 것을 맛있게 먹는 게 중요하다고 말하는 사람들. 그래, 이게 바로 내가 아는 크로스핏터였다.

크로스핏을 시작하고부터 나는 스스로에 대해 더 잘 이해하게 됐다. 우선 내가 먹는 걸 정말 좋아하는 인간이라는 걸 알게 됐다. 생각해보면 더 어릴 때도 알고 있었지만 일부러 인정하지 않으려고 했다. 한때 대한민국에 요가 열풍을 일으켰던 핑클 멤버 옥주현이 어차피 먹어봤자 다 아는 맛이라는 다이어트 명언을 말했을 때도 나는 도통 이해되지 않았으니까……. 음식이란 본래 아는 맛이니까 더 먹고 싶은 거였다. 펄펄 끓여 나오는 국밥을 한 숟갈 떠먹었을 때 입안에 남는 진득함, 앙 하고 베어 물었을 때 패티와 치즈, 그리고 야채와 빵의 조합이 기가 막히다는 말밖에 안 나오는 게 내가 아는 햄버거의 맛인데. 익숙하고 아는 맛 때문에 끊을 수 없는 건데.

그리하여 나는 항상 다이어트에 실패했다. 다이어트는 평생 하는 거라는 말이 그렇게 와닿을 수 없을 만큼 매년 계획하고 실패하기를 반복했다. 다행인 건 크로스핏을 시작한 후부터는 강박증적인 다이어트의 덫에서 빠져나올 수 있었다. 최소한 체중계 보면서 비명을 지른다거나 폭식하고 나서 화장실 가서 토하는 바보 같은 짓은 결단코 하지 않게 됐다. 일반 성인 기준량을 초과하는 고강도 운동을 매일같이 해내다 보니 체중 감량에 초연해진 것이 분명했다. 세끼 밥 챙겨 먹듯 크로스핏을 한 지 어언 2년, 인바디를 해보면 전신 근육량은 이미 표준 이상을 웃돌았다. 흐물흐물하게 처져 있던 살들은 전체적으로 다부지고 건장한 체형으로 바뀌었다. 체력은 물론 이전보다 훨씬 좋아졌다. 좋아진 체력만큼이나 입맛도 더 살아났는데 주말 운동이 끝나면 박스 근처에서 밥을 먹고 가는 경우가 잦았다. 크로스핏 박스 주변에는 나만의 맛집 지도가 있었다. 생각하면 절로 입맛을 다시게 되는 국밥집, 김치찜, 만둣국, 청국장집……. 크로스핏을 오래 한 사람들은 어김없이 손바닥에 굳은살이 박여 있듯, 이 맛집 지도 또한 먹어보고 실패하고 또 먹어보는 노력 끝에 얻게 된 훈장 같은 거였다.

"여자애 손인데 부모님이 뭐라고 안 하시냐. 그립은 차고 운동하는 거냐"

가끔 이 훈장을 보고서 뭐라 하는 친구들이 있었다. 여자애라는 말이 좀 거슬리긴 했지만 가족보다 더 걱정스러운 얼굴로 물어올 때면 새삼 얼떨떨하기도 했다. 우리 엄마가 언제 내 손바닥을 보고 걱정했던가. 기억을 더듬어보면 아주 옛날에 그랬던 적이 있었던 것도 같았다. 손이 이게 뭐냐고 살살 좀 하라고 다그치던 엄마 앞에서 나는 활짝 웃어 보였다.

"재밌고! 스트레스 풀리고! 운동하는 게 이렇게 행복한 건지 몰랐어."

엄마는 꼭 그렇게까지 운동해야 하냐고 되물었다. 크로스핏에서는 철봉을 이용하는 운동이 자주 나왔다. 하다 보면 자연히 물집이 잡히고 굳은살이 생겼다. 손을 보호하는 그립을 차더라도 철봉에 매달려 있는 시간이 길거나 풀업하는 횟수가 많아지면 손바닥이 찢어질 수밖에 없었다. 벌써 2년 넘게 이 운동을 하고 있으니 손바닥이 까져서 피가 나는 건 익숙했다. 아프다고 말할 시간에 상처가 금방 아무는 듀오덤을 공구하거나, 굳은살을 떼어내는 콘 커터칼을 사는 게 더 현명한 일이었다. 물론 이건 어디까지나 이 운동을 계속한다는 전제하에 가능한 일이겠지만 말이다.

사실 나는 어려서부터 뭘 하든 재미가 없으면 도통 흥미를 붙이지 못하는 아이였다. 반대로 재밌으면 질릴 때까지 손에서 놓지 않았다. 두꺼운 책을 읽을 때도 펼치면 앉은자리에서 마지막 페이지까지 다 읽어야 했고, 좋아하는 음악이면 한 곡당 백 번씩 듣는 건 우스운 일이었다. 커서도 이러한 성향은 크게 변하지 않았는데 대학 때 니체의 운명애amorfati 수업에 반해 이때 배운 가치관을 마음에 새기고자 왼팔에 타투까지 할 정도였다. 실제로 대부분의 이메일, SNS 계정에도 amorfati가 들어갔다. 이런 나를 제일 가까이에서 봐온 게 엄마였다. 더 이상 말리지 못할 거란 걸 알았는지 엄마는 그 후로 내 손에 대해 가타부타 말하지 않았다. 대신에 이상한 질문을 했다.

"그래서 살은 빠졌니? 더 건강해졌어?"

나는 엄마에게 도리어 반문했다.

"엄마, 운동을 꼭 살 빼려고 해야 하는 거야?"

깊은 한숨이 새어 나왔고 알 만하다는 듯 덧붙이는 말.

"우리 딸이 그러면 그렇지. 너 좋아하는 거 해야지. 좋아하는 거 하는 게 너지."

집을 나와 혼자 산 지 10년째, 나는 꽤 독립적인 인간이었으며 엄마 또한 딸이 하고 싶은 건 하고 살길 바라는 사람이었다. 평생 그토록 얽매였던 여성으로서의 삶을 떠나 너는 좀더 주체적인 삶을 살라고 어려서부터 자주 들어왔고 그렇게 교육받아왔다. 그래서 요즘 우리가 통화할 때 엄마는 '밥은 먹었니' '살은 빠졌니'라는 말보다 '오늘도 운동 갔다 왔니'라는 말을 더 자주 했다.

선천적 돼지력을 잡아보려고 한때 부단히 노력했지만 나는 내가 다이어트에 자주 실패하는 이유를 알고 있다. 2년이 넘게 이 운동을 계속하는 이유 또한 알고 있다. 30년째 맛있는 것을 포기하지 못하는 이유 또한 알고 있다. 그리하여 타인에게 예뻐 보이고 싶은 나와 먹을 때 행복한 나, 운동할 때 누구보다 기쁜 나. 이 모든 게 나라는 사람을 정의한다면 결국 나는 다음에도 그다음에도 다이어트에 실패할 것이다. 더없이 기쁜 마음으로.

생각해보면 예전엔 왜 그렇게 먹을 때 행복한 나를 억누르고 제어했는지 모르겠다. 아마도 여리여리하고 보호 본능 자극하는 여자가 예쁘다는 사회적 기준 때문이었겠지. 다행히 서른의 내겐 운동을 더 하기 위해 먹고 싶은 것을 맛있게 먹어야 한다고 말하는 사람들이 있다. 굳은살이 멋지고 섹시하다고 말하는 사람들도 있다. 그러니 앞으로도 맛있게 먹고 건강하게 운동할 수 있도록 크로스핏을 꾸준히 할 예정이다. 운동의 목적은 결국 운동 그 자체에 있는 것이다.

허리가 없어

    157cm에 43kg 시절에도 나는 허리가 없었다. 살면서 그렇게 말라본 적이 있을까 싶을 정도로 비쩍 말랐었는데 왜 허리는 없었는지 모르겠다. 소위 말해 선천적 일자 허리라 해야 할까. 살이 찌든 빠지든 상관없이 체형이라는 건 참 정직했는데 한때는 이 사실을 받아들이기 어려워 허리 라인 잡아주는 요가 동작을 아침저녁으로 자주 했었다. 반년을 지속해도 별 소

용은 없었다. 하루아침에 내가 미란다 커처럼 길고 가녀린 모델이 될 수 없듯, 없던 허리 또한 갑자기 생겨날 수는 없는 거였다. 그러니 아무래도 이제는 받아들여야 했다. 나는 이런 사람이라고. 허리가 없어도 괜찮은 사람이라고. 이 같은 생각에 응원을 보태준 건 크로스핏이었다. 신기하게도 크로스핏에서는 허리가 없다는 게 단점보다는 장점으로 작용됐다

"슬기는 허리가 없어서 잘 들지. 햄스트링도 봐. 크로스핏 하기 최적의 몸이야."

코치님은 오늘도 내 허리에 대해 논했다. 박스에 하나 있는 블루투스 스피커로 에이트8eight의 〈심장이 없어〉를 굳이 틀어가면서, '심장이 없어' 하는 가사에서 정확히 심장 부분만을 허리로 바꿔서 부르다가 돌연 나를 보며 내 주제가라고 하는데 어이가 없어서 웃음만 나왔다.

넌 허리가 없어~ 넌 허리가 없어~ 그래서 아픔을 느낄 수 없어.

짓궂은 헤드 코치님의 장난 때문인지 회원들도 요즘 내 허리에 대해 말들이 많았다. 무게 드는 운동이 나오는 날이면 '오늘은 슬기 운동이지, 슬기는 허리가 없잖아'라는 얘기를 꼭 빠짐없이 했다. 그만 좀 놀리라고 툴툴대면 박스에서 코치님 다음

으로 운동 잘하는 오빠가 한마디했다.

"허리 있어서 뭐 해. 세계적인 선수들은 다 허리 없어. 너는 가능성이 있는 거야."

순간 진짜 진심처럼 말해서 속아 넘어갈 뻔했다……면 오산이다. 세상에는 얼마나 많은 가능성이 있는가. 내가 크로스핏으로 세계적인 선수가 될 수 있다는 가능성. 그보다 앞서 크로스핏으로 한국 1등이 될 수 있다는 가능성. 단지 허리가 없다는 이유만으로 펼쳐질 수 있는 무수히 많은 상상의 나래들을 거둬내고 나면 웃기도 뭐하고 울기도 뭐해서 자포자기하는 마음으로 대답했다.

"하지만 난 쩌리짱인걸?"

허름하지만 사실이었다. 크로스핏을 2년 가까이 해왔지만 딱히 이 운동을 엄청나게 잘한다는 생각이 들지 않았다. 데드리프트, 쓰러스터와 같은 역도 동작은 남들보다 좀더 잘 들 수 있었다. 그렇다고 꼭 완전히 잘하는 것도 아니었다. 처음 시작했을 때부터 역도 동작이 다른 종목에 비해 수월했던 것뿐. 물론 지금은 예전보다 더 무거운 무게를 들 수 있게 됐지만 여전히 잘하는 것보다 못하는 게 훨씬 많았다. 그럼에도 불구하고 플레이트 긴 바벨을 번쩍번쩍 들어 올리다 보면 칭찬하는 데 천부적 재능을 갖고 있는 크로스핏터들이 어김없이 나를 하늘로 띄워주었다.

"운동 잘한다. 힘 진짜 세."

그런데 이런 칭찬은 달리기를 잘했을 때 듣던 칭찬과는 느낌이 미묘하게 달랐다. 원래 엄청 못했다가 계속해서 뛰다 보니 잘하게 된 달리기와, 날 때부터 힘이 센 헤라클레스 느낌은 아무래도 차이가 너무 컸다. 어쨌거나 잘한다는 건데 왜 이렇게 온도차가 나는 것일까. 다시 모든 건 내 허리로 귀결됐다. 나는 정말 허리가 없어서 이렇게 힘을 쓰는 운동을 잘하는 걸까. 통증을 느끼지 못하는 걸까. 수업 시간에 하소연하듯 내 일자 허리에 대해 불평했던 적이 있다. 그때 같이 운동했던 오빠의 일침.

"일자 허리를 갖고 있는 게 좋은 거야. 외국 선수들도 다 없다고."

할 수만 있다면 나의 허리 없음을 갖고 싶다며 옆에서 조미료를 보태는 이도 있었다. 비록 나는 미국인이 아닌 한국인이고 내 대회 랭킹은 세계 순위권에서 저 아래 먼지처럼 깔려 있지만 그래도 허리 라인은 동일하다는 것. 그래, 이쯤 되면 위로해볼 만도 했다. 생각이라는 거, 결국 한 끝만 바꾸면 달라질 수 있는 거니까.

그 후로 며칠을 생각하다가 나는 내 허리에 관한 이야기를 인스타그램에 웹툰으로 올렸다. 반응은 가히 폭발적이었다. 눈팅만 하며 댓글을 달지 않던 친구, 언니, 오빠들이 댓글을 달기 시작했다. 기가 차다며 폭소를 했고 귀엽다. 재밌다. 이런저런 말들이 많았다. 댓글이나 메시지를 보고 있으면 피식 피식 웃음이 났다. 사람들한테 웃음을 준다는 건 정말이지 즐거운 일이라는 생각을 했다. 어느 정도로 즐거웠냐 하면 조금 뻔뻔하지만 허리가 없다는 게 장점으로까지 느껴질 정도였다. '이게 뭐야'라고 친구가 보낸 메시지에 '내 허리 얘기ㅋ'라며 밝게 대답할 수 있었고 '코치님 신고해야겠네'라고 댓글 단 친구에게 '그러는 넌 왜 웃니'라고 당당하게 응수할 수 있었다. 그러다 보니 알게 된 사실 하나. 나는 이제 내 일자 허리가 더 이상 콤플렉스가 아니게 돼버렸다는 사실. 허리 없음은 이제 그냥 자연스러운 생리 현상 같은 게 돼버렸다. 그럼에도 불구하고 이러한 정신 승리는 어디까지나 크로스핏이라서 가능한 영역이지 않을까 싶을 때가 있다.

현재 세계적으로 '자기 몸 긍정주의Body Positive' 운동이 각광받고 있다. '외모와 체형에 관계없이 내 몸을 있는 그대로 사랑하자'는 취지로 시작된 운동이 이 운동이다. 획일화된 미의 기준에 반대하여 뚱뚱한 몸, 장애가 있는 몸, 성적 지향에 맞지 않는 몸과 같은 모든 몸을 긍정하자고 주장한다. 자기 몸 긍정주의는 최신 패션 트렌드로까지 자리매김하고 있다. 스포츠 브랜드 나이키의 플러스 사이즈 마네킹 전시부터 애슬레저 브랜드 안다르의 '모두의 레깅스' 출시까지 모두 이에 속한다.

자기 몸 긍정주의를 떠올릴 때 자주 거론되는 아티스트가 있는데 미국의 싱어송라이터 리조Lizzo다. 그녀의 세 번째 정규 앨범 〈Cuz I Love You〉의 표지는 실오라기 하나 걸치지 않은 채 정면을 바라보고 있는 그녀 자신이다. 어떠한 시선도, 틀도, 편견도 거부하겠다는 듯 당당하고 자신감 넘친다. 실제로 그녀는 SNS를 통해 이런 말을 했다. "나는 샘플 사이즈도 아니고 플러스 사이즈도 아닌 그냥 '내 사이즈'입니다."

리조의 사례를 가져와 살펴봤지만 결국 자신감 있는 사람은 본인뿐만 아니라 타인에게도 아름다워 보일 것이다. 이렇게 봤을 때 미의 기준은 결국 타인이 아니라 자기 자신에게 있는 게 아닐까? 사실 '예뻐야 한다'는 생각은 늘 내가 아닌 다른 사람에게 맞춰져 있어서 문제가 됐다. 바꿔야 하는 대상은 나인데 시선은 정작 다른 사람들에게 향해 있으니 엉뚱한 곳에서 문제를 찾아 답을 내는 꼴이었다. 스스로 예쁘다고 느껴야지 내 몸도 내 인상도 내 행동도 내 마음가짐에 따라 달라지는 법인데 다른 사람들의 시선에 갇혀 결국 스스로를 옭아매고 있는 거였다. 고로, 나는 내 일자 허리도 사랑한다. 내 허리를 위해 앞으로도 크로스핏을 더 열심히 해야겠다.

화장을 정말
1도 하지 않는다

재수 없게 들릴지도 모르지만 살면서 한 번도 내가 못생겼다고 생각해본 적이 없다.

"넌 예쁘게 태어나게 해준 데 감사해야 해."

엄마가 이렇게 말할 만큼 나는 요즘 시대의 사회적 기준에 맞는 이목구비를 가지고 태어났다. 그렇다고 해서 외모 때문에 차별을 받지 않았던 건 아니다.

어릴 때 다리를 다쳐서 뼈가 부러진 적이 있었다. 반년간 병동에 입원하게 됐는데 누워서 맨날 먹기만 하다 보니 살이 기하급수적으로 쪘다. 입원하기 전에 시력도 안 좋아져서 도수 높은 안경을 쓰게 됐는데 크고 동그랗던 두 눈이 소면 면발처럼 작고 가늘어졌다. 퇴원하고 돌아왔을 때 나는 학교생활에 적응하기 어려웠다. 그즈음 외모에 신경 쏟던 아이들에게 따돌림도 당하게 됐다. 도피처는 소설책 또는 만화책이었는데 그래서 아직도 책 읽기를 좋아하고 글쓰기를 좋아하는지도 모르겠다. 지금도 내 오른쪽 다리에는 네 개의 구멍이 파여 있었다. 이제는 그 자국이 다소 희미해지긴 했지만 내 다리가 상처가 생기기 전으로 돌아갈 수 없듯이 외모에 대한 사람들의 편견 또한 사실 잘 지워지지 않았다.

다만 기술의 발전으로 인해 눈은 다시 예전으로 돌아갈 수 있었는데 렌즈라는 걸 처음 사용한 게 고3 수시 입학이 끝나고부터였다. 안경을 벗자 친구들이 나를 보는 시선이 달라졌고 당시에도 인기 있던 아이는 아니었기에 이러한 상황 변화가 다소 극적으로 느껴졌다.

"안경 벗으니 이렇게 예쁜데 왜 그런 거 계속 끼고 다녔냐"

그렇게 말하는 아이들은 오히려 자신들이 색안경을 끼고 있었다는 걸 알긴 알까. 궁금했지만 딱히 따져 묻지 않았다. 너희

들이 그런 말을 하는 것 자체가 부당하다고 말하기엔 외모 때문에 받는 이점이 너무 컸다. 10대의 나는 고작 렌즈 하나 꼈다고 선망의 눈빛을 보내는 친구들 앞에서 들썩이는 마음을 감출 수 없었다. 갑자기 예쁘다는 말을 듣는 게 떨떠름하기도 했지만, 많은 사람들에게 사랑받는다는 건 부정할 수 없이 좋았다.

대학을 가면서 새로운 교우관계가 생겨났고 거기서도 별다른 변화는 없었다. 예쁘냐 안 예쁘냐의 기준이 참⋯⋯. 슬픈 게 S/S, F/W 같은 트렌드에 맞는 화장을 해야 했고 유행하는 옷을 입고 알 만한 브랜드 가방을 메야 했다. 그리고 그 모든 조건들의 밑바닥에는 사회가 규정한 '여성스러움'이 있었다. 긴 머리, 안경 쓰지 않은 얼굴, 마른 몸, 바지가 아닌 치마, 운동화가 아닌 구두 또는 단화, 다소곳한 태도.

오르막도 많고 내리막도 많은 교정에서 10cm에 달하는 하이힐을 자주 신었다. 돈이 생기는 족족 옷과 가방을 샀다. 뭐 먹자 그러고서 새 모이만큼 먹는 친구들을 보면서 정체성의 혼란을 겪기도 했지만 그마저도 그냥 받아들였다. 그즈음 나는 내 몸이 여리여리하다 못해 안쓰러워 보일 때까지 살을 뺐는데, 건강이 너무 나빠져서 월경이 반년간 진행되지 않을 정도였다. 예쁘다는 말은 물론 자주 들었다. 길거리에서 좋다고 쫓아다니는 사람들도 생겨났고 어딜 가든 대부분의 사람들이 환대

했다.

그런데 이상하게도 열아홉에 렌즈를 처음 꼈을 때와 달리 마음이 들썩거리지 않았다. 오히려 예쁘다는 말이 가시 돋친 말이기라도 한 듯 불편하게 들렸다. 친구들의 선망 어린 시선에 구역질이 났고 혼자 있을 때 자주 토했다. 약속이 생기면 뭔가를 먹어야 하고, 섭식장애인데도 정상적인 척해야 하니 매일매일이 가시덤불 속을 뚫고 들어가는 기분이었다. 피폐해진 정신으로 살을 뺀 것이다 보니, 조금만 방심해도 몸은 금방 예전으로 돌아왔다. 스트레스를 먹는 것으로 풀기 시작했고 원래보다 두세 배가량 몸집이 불어나기 시작했다. 예쁜 외모를 보고 다가왔던 친구들은 자연스레 차츰차츰 멀어져갔다. 이 모든 순간들을 겪고 나니 나는 그냥, 예쁘다는 게 너무 허무했다.

그렇다고 또 내가 예쁜 걸 싫어하는 건 아니다. 어려서부터 매스컴 광고로, 동화책과 만화책, 소설책을 통해 여자의 예쁨에 대해 그렇게 열심히 교육받아왔는데 아무럼 나도 다들 예쁘다는 걸 예쁘다고 생각하지 않겠는가……

20대 초반에 피터 브룩의 연극을 보러 갔을 때였다. 엘리베이터에서 당시 흥행 영화의 여주인공으로 인기가 급상승하던 배우 J를 마주쳤다. 엘리베이터 문이 열렸다가 자동으로 닫힐 때까지 그녀에게서 한참 눈을 떼지 못했다. 연극 상영 시간에 맞추려면 엘리베이터를 타야 된다는 생각에 문이 거의 다 닫힐 때쯤 황급히 열림 버튼을 눌렀다. 그녀가 눈살을 찡그리는데 그마저도 예뻐 보여서 정신이 혼미했다. 간신히 탄 엘리베이터에서도 바보처럼 자꾸만 힐끔힐끔 그녀를 훔쳐보게 됐다.

그날 연극이 상영되는 공간은 구조가 참 특이했는데 엘리베이터를 타고 내려갔다가 다시 반 층 정도 계단을 올라가야 입장이 가능했다. 내 앞에는 당대의 톱 배우가 12cm는 돼 보일 법한 하이힐을 신고 계단을 올랐고, 학처럼 가느다란 다리는 금방이라도 부러질 듯 아찔했다. 혹시 저 가느다란 발목이 꺾여버릴까 봐 나 혼자 마음 졸였는데, 높은 하이힐 때문인지 종아리에 두터운 알이 빳빳하게 서 있는 걸 볼 수 있었다.

'아, 연예인도 종아리에 알이 있구나. 운동을 정말 많이 하나 보네.'

그제야 나는 현실 복귀를 할 수 있었는데 그 순간 내 앞에 있는 배우가 일반 여자 사람으로 느껴졌다 해야 할까. 모두가 바라는 여성적인 아름다움, 그것을 이루고 지키기 위해서는 사실 엄청난 노력이 필요하다는 걸 스스로도 잘 알고 있었다. 모르긴 몰라도 그 배우는 엄청나게 타이트한 식단 관리와 운동을 했을 것이다. 뚱뚱했을 때 사진에 악플이 많았고 다이어트로 화제가 된 배우였으니까. 생각이 여기까지 미치자 내게는 그녀가 더 이상 예쁘다기보다는 짠해 보였다. 소위 연예인 식단이라 불리는 걸 먹어가며 기력이 바닥난 채로 운동을 해봤기 때문에 일종의 동질감 같은 게 생겨났다 할까. 남들은 연예인 걱정은 하는 게 아니라고들 하는데 오지랖 넘게도 그때 그 순간의 나는 그랬다.

연극이 끝난 후 집으로 돌아가며 생각했다. 나는 배우가 아니다. 나는 내 외모로 뭔가를 팔고 싶은 생각이 없다. 그게 이미지가 됐든 상품이 됐든. 나는 내가 나로 받아들여지길 원했지 누군가의 욕망을 대체할 어떠한 의무나 직업의식, 소명의식이 없었다. 그런데 나는 왜 직업이 배우가 아닌데도 계속해서 내가 아닌 누군가를 연기했던 걸까? 사랑받기 위해서라는 명목하에 스스로에게 참 못할 짓을 했다는 생각을 하게 되자 집에 와서 하이힐을 내다 버렸다.

곰곰이 생각해보면 그렇게 받은 사랑은 또 금방 변질돼버릴 게 분명했다. 고등학교 때의 내가 그랬듯, 대학교 때의 내가 그랬듯. 시간의 흐름 속에서 예쁨이라는 건 결국 주름지고 퇴색되다 사라져버릴 것이다. 그들이 그래도 나를 사랑해줄까? 아니라는 생각에 고개가 바로 저어졌다. 그러니까 마치 달뜬 주전자처럼 팔팔 끓다가 종국엔 증발해버릴 수증기 같은 것들에

너무나 열을 내고 있었던 것이다. 심지어 나는 연예인이 아닌 일반인인데, 단지 여자로 태어났다는 이유만으로 연예인병에 걸려버린 것이었다.

그 후 젠더gender(생물학적 성이 아닌 사회적으로 구성되는 남녀의 정체성) 관련 책을 관심 갖고 찾아보기 시작했다. '여성과 정치'라는 교양 과목을 수강하기도 했고 페미니즘을 다룬 다양한 영화를 보았다. 거의 모든 콘텐츠가 일관된 주장을 보여줬는데 우리가 생각하는 성이란 학습되는 거지 처음부터 주어지는 게 아니라는 것이었다. 가부장적이고 남성 중심적으로 흘러왔던 사회 문화 안에서 여성이 사회적 아름다움에 대해 집착하는 것, 나아가 여성의 성 상품화는 사실 그걸 소비하는 남성들의 수요가 있었기 때문이었다. 그러니까 공급은 결국 수요에 맞춰 따라가는 것이었다.

한 명의 여성으로서 예뻐지길 원하는 게 물론 나라는 성적 주체의 선택이기도 하겠지만, 많은 부분 그렇게 교육받았고 그렇게 구조화된 사회 때문이라는 걸 알게 되자 나는 드디어 알을 깨고 나올 수 있었다.

벌써 2년이 넘게 매일 크로스핏을 가고 있다. 크로스핏을 오래 한 후로 좋은 점은 화장을 정말 1도 하지 않는다는 것이다.

어차피 운동할 건데 뭐 하러…….

후드티, 청바지, 롱 패딩…… 갈수록 입는 옷도 참 간결해졌고 생활 전반에서 점점 더 미니멀리스트가 되어가고 있다. 지금 가지고 있는 운동복이 닳거나 찢어지지 않는 이상 더 쇼핑할 거리도 없다.

배우는 대중의 욕망이 곧 생계로 이어지다 보니 이미지에 맞는 옷을 계속 사야 하고 그 옷에 맞게 체구를 줄여야 하며 두꺼운 화장을 해야 하지만, 일반 운동인인 내 입장에서는 이 모든 게 다소 불편할 따름이다. 땀 나는 운동을 매일같이 해야 하니 화장은 거추장스러울 뿐이고 격식 있는 자리에 갈 것이 아니니 하이힐도 치마도 불필요하다. 게다가 운동을 오래 하다 보면 매일 입는 운동복만큼 내 몸에 편한 옷 또한 없다.

특히나 크로스핏에서는 남자처럼 힘 자랑하냐는 소리를 들을 정도로 역기를 드는 일이 잦았고, 오래 하다 보면 광배근이나 햄스트링이 발달하기 마련이다. 그러다 보면 후드티나 박스티가 좋고 치마보다는 청바지, 청바지보다는 레깅스가 솔직히 편하다. 소위 말해 사회적 여성스러움과는 정반대 지점에 있는 운동이어서 몸 또한 마름보다는 탄탄함이 돋보인다. 매일 운동하는 사람들만 보고 생활 전반에서 운동이 주가 되자 나는 이제 마른 몸보다 근육 붙은 다부진 몸이 더 예뻐 보인다. 관점의 차이와 함께 일상의 루틴 또한 정해졌는데 특별한 일이 없는 한 요즘의 내 하루는 아래와 같다.

아침-회사 출근
점심-크로스핏
저녁-카페에서 마감 시간까지 운동 관련 웹툰 그리기 또는 글 쓰기(또는 서점에 가서 책 읽기, 러닝 크루에 나가 친구들과 달리기)

규칙적인 생활 습관을 갖게 되면서 불필요한 술자리를 줄일 수 있었고 스스로도 이런 변화가 나쁘지 않은 것 같다. 내 시간을 내 의지대로 사용하게 되면 일이든 사람 관계든 자연히 필요한 것들만 남기 마련이다. 신경 써야 할 것들이 줄어드니 당연히 생활이 편할 수밖에 없다. 매일 운동을 하다 보면 인간관계와 마찬가지로 생활에서도 그다지 많은 화장품과 옷이 필요하지 않다. 신기하게도 이건 나만 느끼는 감정이 아닌데, 규칙적으로 운동하는 사람들 대부분이 이 의견에 공감했다.

"운동 후 운동복 벗고, 씻고, 다시 운동복 입는 루틴이 반복되고 있어요."

"괜히 멋 부리려고 옷 샀다가 아이씨, 패딩 살걸 후회했음."

177

"예전에는 옷 좋아해서 자주 샀다가도 운동 시작하고부터 맨투맨 세 개만 돌려 입어요!"

관련 웹툰을 업로드하고 나자 꽤 많은 운동인들이 이렇게 말했다. 이를 통해 나는 루틴이 정말 중요하다는 생각을 하게 됐다. 좋아서 자주 하는 것들이 환경을 만들고 환경이 곧 사람을 변화시킨다는 것. 그리하여 이제 운동인들에게 멋이라는 건, 예쁨이라는 건 얼마나 운동 동작을 더 멋지게 수행했느냐, 얼마나 더 최선을 다했느냐가 아닐까.

"맨날 하는데 살은 왜 안 빠진 거야?"
"근육 더 붙은 거 봐. 여자애 등이 더 넓어졌네."
그럼에도 이따금 이렇게 말하기 좋아하는 무례한 지인들이 있다. 나는 남들 눈에 예뻐 보이기 위해 운동하지 않은 지 오래됐다. 그냥 재밌어서 운동한다. 살다 보면 닥쳐올 예상 못한 상황과 힘든 일들에 대비하기 위해 정신 줄을 단단하게 붙잡으려 운동한다. 몸이 피로해서 마음까지 병들지 않게 하기 위해 꾸준히 체력을 증진시키고 있는 것이다. 그리하여 민낯으로 좀 더 당당해지는 여성이 됐고, 위와 같이 예의 없게 말하는 사람들 앞에서 웃어넘기거나 무시해버릴 수 있게 됐다. 늙어서 벽

붙잡고 후회하지 않으려면 여러분도 운동하세요, 라고 말할 수 있을 만큼의 자신감이 생겨버렸다.

　나는 운동 외에도 적절한 식이와 수면 시간을 지키고자 노력하고 있다. 스트레스 받지 않기 위해 먹고 싶은 걸 먹는 데 제한을 두지는 않지만 몸 건강을 위해서 되도록이면 한식이나 채소, 과일같이 건강한 것들을 많이 챙겨 먹으려고 한다. 최근에는 내 몸뿐만 아니라 지속 가능한 사회를 위해 채식을 염두에 두고 있기도 하다. 먹는 걸 워낙 좋아하고 음식마다 추억이 있어서 가능할진 모르겠지만 나는 이렇게 내 몸에 대한 관심, 내 정신을 충만하게 하는 것들에 대해 꾸준히 열려 있는 내 자신이 좋다. 운동 외적으로도 남들이 만들어놓은 배역을 연기하기보다 내가 스스로 만들어가는 고유한 캐릭터가 되고 싶다. 한 번도 내가 못생겼다고 생각해본 적은 없지만 사실, 내 눈엔 내가 나다울 때가 제일 예쁘다.

나이보다
어려 보이시네요

처음 보는 사람들이 내 나이에 대해 물어보면 바로 답하길 주저하게 됐다. 정확히는 서른이 넘어가고부터였다. 사회 통념 상 여자 나이 서른을 지나면 꽤 나이 든 어른 축에 속했기 때문에 그에 따른 부수적인 것들이 꼬리에 꼬리를 물고 따라오기 마련이었다. 결혼은 언제 할 거야? 직장은 어디? 몇 년 차세요? 관심을 빙자하여 이것저것 많이도 궁금해했다. 대신 짝을 찾아줄 것도 아니면서, 회사 간판 떼면 여기가 진짜 어떤 곳인지도 모르면서 사회적 소임을 다하고 있냐는 듯 묻고 따지니 도통 말을 이어가고 싶지 않았다. 아마 그건 나를 그냥 나 자체로 봐줬으면 좋겠다는 말도 안 되는 욕심이었을지도 모르겠다.

작년 말 인사 고과와 1월 초 부서 이동 통보를 받으면서 연초를 다소 우울하게 보냈다. 같은 시기 아빠의 환갑 여행까지 겹치면서 역할 갈등이 심해졌다고 해야 할까. 회사원으로서의 나, 딸로서의 나, 어느 것 하나 쉬운 일이 없었다. 회사가 인수 합병되면서 새로운 부서가 신설되고 기존에 있던 부서가 합쳐지거나 쪼개지기 시작한 건 이미 오래된 일이었다. 시스템의 큰 변화 앞에 개인이 할 수 있는 일이란 거의 아무것도 없었다.

"이런 부서가 생겼는데 네 업무랑 맞으니까 어쩌겠니. 이동해야지. 나랑 일한 지 몇 년 됐지? 수고했고 어쩌면 더 나을 수도 있을 거야."

짧은 면담을 끝으로 팀이 바뀌었다. 아무렇지도 않았다면 거짓말일 테다.

이의를 제기해봤지만 방음벽에 대고 외치는 거나 다름없었던 고과, 말 몇 마디에 차출되듯 보내졌던 팀 이동, 착한 딸이 되고 싶지만 실은 그렇게 착하지 않은 나 사이에서 일어나는 내적 갈등. 한 해의 시작이 이상하게 꼬여 있었다.

서른한 살. 이제 더는 어리다고 할 수 없는데 여전히 모든 것이 불안정하기만 했다. 그래도 커리어를 이어가야 하니 조금만 더 참고 다녀보자 체념할 때쯤 걱정이 하나 더 생겨버렸다.

바로 크로스핏이었다. 새로 바뀐 팀에서 점심 운동을 용인해줄까. 안 된다고 푸시가 들어오면? 점심 회식을 강요하면? 초조한 와중에 식사 시간이 다가왔고 습관처럼 크로스핏 박스로 향했다. 운동 시작 전부터 자꾸 시계를 쳐다보며 안절부절못하니 코치님이 뭐가 문제냐고 물었다. 이런저런 사정을 설명하자 앞으로 여유 있게 갈 수 있게끔 운동을 좀더 빨리 끝내주겠다고 했다. 때마침 같이 운동하던 오빠가 돌직구를 날렸다.

"뭐가 문제야. 그냥 그만둬."

이제 막 운동을 마친 또 다른 오빠가 셔틀콕 맞히듯 대화를 이어나갔다.

"뭐야, 그만둔다고? 그만두면 이제 11시반에 나오겠네?"

당사자인 나는 나름대로 심각한데 모두들 싱글벙글 웃으며 날 보고 있었다.

"이러다 박스에서 사는 거 아니야? 작가 하면 되지."

어이가 없어서 나도 모르게 웃음이 나버렸다. 줄곧 걱정했던 게 우습게 느껴질 만큼 회사 일은 이곳에서 별거 아닌 이슈처럼 여겨졌다. 월급만큼 좋은 게 없다며 딴생각하지 말고 착실히 다니라는 부모님 반응과는 너무나 달랐다. 그 후로도 박스에서는 비슷한 일이 일어났는데 인사 발령이 나고 팀 이동이 될 때까지 꼬박 보름의 기간이 있었다. 운동이 끝나고 어김없이 허둥지둥 박스를 나오는데 이런 말을 들었다.

"뭐야~ 아직 안 그만뒀어?"

"돈 벌어야죠. 저 거지 되면 어떡해요."

"살 빠지고 좋겠네. 다이어트 되고."

그만 말문이 막혀버렸다. 동시에 피식 웃어버렸다. 사실 내심 좋았던 건지도 모르겠다. 누구도 나에게 '너 그거 그만두고 뭐 해 먹고 살래'라고 참견하지 않으니까. '그래서 그다음 플랜이 뭐야?' 이런 거 따위 묻지 않으니까.

생각하건대 운동하는 사람들은 내 사회적 위치가 어떻든 내 나이가 어떻든 별로 상관하지 않았다. 그들은 그저 내가 이 운동을 많이 좋아한다는 것, 이 운동을 열심히 한다는 데만 초점을 맞추고 있었다. 그러니 운동할 수 있는 비용과 여기에 시간을 투자할 만한 여유만 있으면 됐다.

그런데 나도 안다. 정말로 죽을 만큼 큰일이 아니라면 아무런 대책 없이 바로 직장을 그만두진 않을 사람이 나라는 걸. 나가더라도 내 발로 멋지게 나가려고 이렇게 아등바등 열심히 일하는 거였다. 억울하고 화나는 일이 많았지만 수입원이 있어야 하니 힘들어도 버텨내는 거였다. 그러니 힘들 때 힘내라는 말보다 더 의미 있는 건 그냥 믿어주는 거였다. 뭘 해도 할 수 있을 거라는 믿음. 인생 대신 살아줄 거 아니니까 함부로 옳다 그르다 평가하지 않는 마음.

"여자가 다니기 편한 회사인데 그냥 잠자코 다니지. 대충 일하다 시집이나 가."

자꾸만 이런 잣대를 들이미는 사람들 사이에 있으면 뜨거운 열탕 속에 들어가 있는 것처럼 숨 쉬기 어려울 때가 많았다. 나이나 성별을 갖고 훈계하는 사람들을 보면 그 앞에 거울을 들이밀어주고 싶기도 했다. 다행히 운동에서만큼은 열날 때마다 정신 차리라고 냉수를 끼얹어주니 고마울 따름이었다. 덕분에 순간이나마 웃음이 났고, 몸과 마음을 보호해줄 백혈구 수치가 올라가는 것도 같고. 그리하여 스스로 좀더 단단해지는 것도 같고.

크로스핏에서는 정말로 나이를 가늠할 수 없는 경우가 많았다. 같이 운동하는 오빠가 내년이면 마흔이라는 소리에 깜짝 놀라기도 했고, 언니에게 아이가 있다는 사실에 화들짝 놀라기도 했다. 운동을 꽤 오래 함께 했지만 우리는 서로의 나이나 직업 얘기를 묻는 일이 거의 없었으니까…… 어쩌면 나도 그분들에게는 어느 회사 몇 살 누구로 기억되는 게 아니라 이 시간대 운동 나오는 생각보다 힘센 애. 크로스핏터인데 이상하게 저녁마다 달리기 가는 애로 비칠 수 있을 것이다. 선입견이 없으면 좋은 게 허물없이 보다 빨리 친해질 수 있었다. 하루에 고작 한 시간, 많아야 두세 시간 보는데도 오래 사귄 친구만큼이나 살뜰해질 때면 내가 이 커뮤니티 안에서 마음의 문을 활짝 열고 있다는 생각을 하게 됐다.

그리하여 사람을 함부로 판단하지 않고 시간을 두며 천천히 오래오래 관계를 이어나가는 것이었다. 생각해보니 어쩌면 나는 나를 그 자체로 봐달라는 말도 안 되는 욕심을 이미 채웠는지도 모르겠다. 생물학적 나이보다 한참이나 어려 보이는 사람들 사이에서 땀을 한 바가지 흘리면서, 있는 그대로 잘 보일 필요도 없이 그렇게.

내 몸은 내가
제일 잘 알잖아요

"부상이 많지 않나요? 그 운동은."

새로 알게 된 분이 내가 크로스핏을 한다 하니 이렇게 말했다.

"무리하지만 않으면 괜찮아요. 내가 지금 할 수 있는 게 딱 이만큼인데 그보다 더 하려고 하면 항상 문제가 생기는 것 같아요. 뭐든 적당한 때 내려놓을 줄 알아야 하는 거죠."

그분은 고개를 끄덕이더니 다음 순간 뭔가 생각났다는 듯 자기 경험을 털어놓았다.

"그렇죠. 모든 운동이 다 그런 것 같아요. 저도 자전거를 좋아해서 3년 동안 했어요. 오르막보다는 평지에 강한데, 보시다시피 몸이 무거워서요. 그런데 늘 무리해서 오르막길을 오르려 하니 문제가 생기더라고요. 천천히 가도 되는데 주변에서 푸시하고 그러다 보면 욕심이 생겨버리니……."

나는 고개를 주억거리며 그분이 하는 얘기를 가만히 들었다. 듣다 보니 어쩐지 남일 같지 않았다. 얼마 전 박스에서 있었던 일이 겹쳐져서였다.

연차를 낸 날이었다. 여느 날과 달리 시간적 여유가 많아서 WOD를 끝내고 나서도 크로스핏 박스에 남아 추가 운동을 했다.

"뭐야. 너 더블언더 그것밖에 못해? 20개 한 번에 해봐."

그러니까 막 줄넘기를 내려놓던 참이었다. 헤드 코치님이 특유의 크고 부리부리한 눈으로 날 쳐다보던 게. 곧바로 못하겠다고 대답했어야 했다. 왜 말도 못 하고 어버버거렸는지.

이미 체력은 바닥나 있었다. 1분에 더블언더를 10개씩, 10분 동안 총 100개의 더블언더를 해낸 후였다. 모든 운동이 그렇듯 초반에는 곧잘 했지만 늘 그렇듯 후반부로 갈수록 지지부진해졌다. 줄이 자주 발에 걸렸다. 9분에서 10분으로 넘어가는 마지막 1분이 특히 처참했다. 하필 그때의 나를 코치님이 보게됐고 보는 사람 입장에서는 영 시원찮았을 게 분명했다. 5분에 10개도 간신히 하던 내가 이 정도면 정말 많이 뛴 거였는데, 그런데도 다 끝내고 나서 그것밖에 못하냐는 소리를 듣다니 손발에 힘이 쭉 빠질 수밖에 없었다.

"저 100개 했는데요? 더는 못할 것 같은데……."

기어들어가는 목소리로 말을 흐렸다. 코치님이 인상을 찌푸리며 대답했다.

"왜 못해? 100개가 많은 거야? 잘하는 사람들은 1,000개씩도 하는데. 누구누구랑 누구누구는 한 번에 1,000개씩도 할걸. 걔네 따라가려면 100개가 문제야? 두 배 세 배는 해야지. 그래야 네가 걔네를 잡을 수 있는 거야."

코치님은 선반에 있던 줄넘기 가방을 꺼내 들었다. 15만 원짜리 줄넘기라며 뛰어보라고 주시는데 머리가 복잡했다. 굳이 내가 왜 그분들을 따라잡아야 하는지 모르겠다고 생각했지만 몸은 그와 반대되게 공손히 줄넘기를 건네받았다. 못 이기는 척 줄을 돌렸다. 핀셋처럼 틀린 동작을 하나하나 짚어내는 코치님 때문이라도 의지를 다잡을 수밖에 없었다. 이를 꽉 깨물었다. 줄을 넘겼다. 이내 바로 걸렸다. 타닥. 툭.

"다시."

그때부터였다. '다시'의 습격이 시작된 게. 끝도 없이 불어오는 사막의 모래바람처럼 '다시'라는 말이 나를 덮쳤다. 갈수록 호흡이 가빠졌고 빠져나갈 길은 없었다.

"다시. 더. 더 높이. 다시. 더. 더 빨리."

그 후 한 시간 넘게 더 운동했다. 슬프게도 코치님이 원했던 한 번에 20개의 더블언더는 끝내 해내지 못했다. 터덜터덜 박스를 걸어 나왔는데 정강이가 욱신거렸다. 크로스핏 '쪼렙'이 정규 WOD를 끝내고 더블언더 100개를 한 후 또 더블언더를 했으니 몸이 남아나질 않았다. 집에 와서 보니 왼쪽 정강이에 속에서부터 푸른 멍이 올라와 있었다. 그 후로 며칠간 줄넘기는 쳐다도 보기 싫었다.

짧은 시간 동안에 고강도 운동을 목표로 하는 크로스핏은 오늘 수행해야 할 운동(WOD) 자체가 이미 인체의 한계에 다다르게 설계돼 있었다. 그러니 한계치까지 올라왔는데도 거기서 좀만 더, 좀만 더 하다가 무리해버리면 이내 부상으로 직결되기 십상이었다. 이 같은 내용은 '크로스핏 부상crossfit injuries'이라 검색만 해도 여러 사이트에서 찾아볼 수 있는데 유독 인

189

상 깊은 글귀가 있었다.

우리 몸엔 한계가 있다는 걸 꼭 잊지 말자. 우리가 슈퍼맨이 아니라는 걸 기억하는 한, 부상의 위험에서 벗어날 수 있다.

Never forget that your body has its limits. As long as you remember that you are not Superman, you should be fine.

참 공감 가는 말이다. 그럼에도 불구하고 현실에서 이를 인지하고 행동하기는 정말로 어려운 일이 아닐 수 없다. 내가 내 몸에 집중해야 할 때 타인의 기대가 덧대지기 때문이다.

"한 번 더! 할 수 있어! 돼! 쥐어짜! 좀만 더!"

크로스핏에서는 특유의 파이팅 문화가 존재하며 바닥난 에너지마저 끌어올려주는 응원 문화를 개인적으로 참 좋아한다. 응원에 힘입어 안 되던 걸 해버리면 그때만큼 영웅처럼 느껴지는 때가 또 없다. 하지만 이건 어디까지나 성공했을 때의 이야기다. 분위기에 떠밀려서 무리하다가는 자칫 좋아하는 운동을 아예 하지 못하게 될 수도 있다. 응원은 보통 강도가 셀 때, 피로도가 극에 달했을 때 더 힘을 얻기 때문이다. 이 운동을 한 번 하고 말 게 아니라면, 보다 오래 하고 싶다면, 그런 때야말로 타인의 신호를 차단한 채 누구보다 자기 몸에 집중해야 한다.

내 그릇은 이만큼인데 더 하려다 보면 결국 넘쳐버리거나 깨져버리기 마련이니까.

다른 사람들은 내 몸의 한계를 나만큼 잘 알지 못한다. 그들은 어려운 도전을 할 때 응원을 해줄 수는 있지만 절대로 내가되지는 못한다. 그러니 오늘따라 내 몸이 내 몸 같지 않을 때, 조금이라도 통증이 있다거나 불편할 때, 스스로 알아서 조절하며 운동해야 한다.

나조차도 내 몸의 한계를 모르겠을 땐 나 다음으로 내 몸을잘 아는 전문가(코치)를 믿는 것 또한 중요하다. 사실 그날 내가 잘못했던 건 더블언더를 잘 못한 것도, 근성이 부족했던 것도 아니었다. 확실하게 말하지 않은 게 문제였다. 이 운동을 더이상 할 수 없는 상태라고 똑바로 말하고 과감히 내려놓았어야했다.

"'내가 이 운동, 할 줄 알아'라고 말하는 건, 한번 해놓고서 그렇게 말하면 안 돼. 언제 어느 상황에서든 할 수 있어야 비로소내가 그 운동 할 수 있다고 말하는 거야."

평소 이런 믿음을 강조해왔던 코치님 앞에서 '더블언더 100개 했어요!'라고 자신 있게 말해버린 게 문제였다. 기에 눌려서 괜찮은 척 애쓰지 말아야 했는데 통증을 참아가며 또 억지로 줄을 넘겼다. 결국 칭찬받고 싶은 욕심과 더 할 수 있겠

191

다는 근거 없는 자신감이 무리로 이어져 문제를 일으킨 것이었다. 그러나 이제라도 문제를 알았으면 되지 않았나. 다행히도 문제를 알면 고칠 수 있다. 아픔을 느끼는 주체가 나이듯 다치기 전에 조율해야 하는 것도 결국 나여야 했다.

과유불급過猶不及이란 말처럼 뭐든 버틸 수 있을 만큼 과하지 않게, 그렇다고 또 너무 부족하지도 않게 최선을 다하는 게 중요할 것이다. 이는 비단 운동뿐만 아니라 모든 일에 적용되는데 주변에서 아무리 푸시를 해도 내가 못할 것 같으면 내려놓는 게 좋다. 열심히 한 게 보이면 누구도 뭐라 할 수 없으니까.

스스로 잘 내려놓기 위해서는 어디까지가 무리이고 어디까지가 최선인지 아는 게 먼저이다. 잘하고 싶어서 욕심내는 것도 좋지 않지만 할 수 있는데 안 하는 것 또한 좋지 않다. 꾸준히 한계점을 늘려가는 건 정말이지 중요하니까. 어느 순간에든 도전 정신은 잃지 않되 무리하지 않는 선에서 해야 한다는 것. 다행히 이번 경험을 통해 나는 내 한계점을 알았고, 좋아하는 것을 잘하기 위해 지금보다 조금 더 내 몸에 집중하기로 했다. 내 몸을 제일 잘 아는 건 결국 다른 누구도 아닌 나니까.

취향의 발견

아빠와 엄마는 평생 취향을 달리했다.

아빠는 강과 바다로, 엄마는 산으로.

어릴 때 우리가 함께 가족 여행을 갈 때면 나는 늘 불편했다. 아빠는 고기 달아난다고 조용히 하라며 하염없이 강물만 쳐다보았다. 엄마는 그 모습이 보기 싫다고 근처 풀밭에서 나물이나 약초 같은 것들을 찾아내곤 했다. 친절하게 낚시를 가르쳐주는 아빠가 아니었거니와 모두 다 비슷하게 생긴 풀밭에서 어떤 게 식용인지 분간할 만큼 똑똑한 나도 아니었다. 아이스박스에 만족할 만큼의 고기가 채워지거나, 쑥이나 약초 같은 것들이 엄마 팔에 한아름 들릴 때쯤 저녁이 됐고 집에 돌아올 수 있었다. 같이 시간을 보냈지만 함께 즐긴 게 아니니 가족 여행은 당연히 출발부터 오는 길까지 영 재미가 없었다.

"너 어릴 때 다 기억나지? 얼마나 자연 학습 많이 했니, 아빠 낚시 따라다니면서. 엄마가 화전도 부쳐주고."

그로부터 20년이 지난 후 엄마는 우리의 기억을 이렇게 예쁘게 포장했다. 회로 먹을 수도 없는 붕어의 슬픈 눈알을 보고 있으면 안타깝기 그지없었고 화전 맛을 알 만큼 어른스러운 입맛도 아니었는데 영 생경스러운 말이 아닐 수 없었다(실제로 모양만 예쁜 화전은 김치전보다 맹숭맹숭하니 맛이 없었다). 하지만 이 모든 걸 사실대로 말하면 엄마가 서운해할 걸 알기에 나는 그냥 '응, 그랬지'라고 얼버무리곤 했다. 사실 엄마도 알고 있을 것이다. 여행에서 돌아오면 늘 살아 있는 생선을 손질하며 인상 찌푸리곤 했으니까.

"나중에 당신 저세상 가면 물고기들이 다 욥놈뇸뇸하면서 뜯어먹으러 올 거야. 이렇게 두 눈 시퍼렇게 뜨고 있는데."

시퍼렇게 날이 선 엄마 목소리는 아직도 떠올리면 파도처럼 생생하게 밀려들어왔다.

사람의 취향은 정말이지 쉽게 변하지 않는다. 요즘도 아빠는 일주일에 한 번씩 낚시터로 출근하고, 엄마는 산악회를 가거나 남도 한 바퀴라는 지역 산행(또는 지역 축제) 관광 여행을 떠나곤 한다. 다행인 건 이제 두 분은 완전히 따로따로 다닌다는 거였다. 예전에는 자식이 함께 있어 그런지 몰라도 가족 여행이라는 타이틀을 붙여 어떻게든 함께하려고만 했다.

"이제 다 늙었는데 각자 사는 거지. 포기하면 편하더라."

유선상으로 듣는 엄마 목소리는 딱히 슬프지도 않았고 화나 보이지도 않았다. 파도가 결국에는 바다의 일인 것처럼 지금껏 무용한 것들에 괜한 힘을 써왔다는 듯 썰물처럼 깨끗이 비워낸 목소리였다. 그럼 나는 세월이 참 많이 흘렀구나 현재를 돌아보게 되고, 한편으로는 서로 다른 사람 둘이 만나 함께 살려면 취향이 참 중요하구나 생각하게 됐다. 난 가급적이면 내가 좋아하는 것을 좋아하는 사람을 만나야지, 남녀 관계를 떠나서라도 내 주변 모든 관계에서 이왕이면 좋아하는 것을 함께 좋아할 수 있는 사람을 곁에 두면 좋겠다고 스스로에게 다짐해보는 것이었다.

"그래도 네가 보기에도 좀 너무하지 않니. 네 아빠 오늘도 낚시 갔어."

다시 밀물이 들어올 시간이었다. 삶에서 시시때때로 찾아오는 외로움을 달래려면 아무래도 취향 맞는 사람을 찾는 편이 좀더 이롭겠다고 또 한번 생각하는 순간이었다.

지금보다 어릴 때는 내가 좋아하는 것이 무엇인지 정확히 알지 못했다. 줄곧 남들이 좋다는 것에 이끌려서 살아왔다. 유행하는 옷, 남들이 좋아할 만한 외모, 예쁘다는 몸, 어디 가서 말하면 부끄럽지 않을 직장. 그런 것들은 사실 이제는 연락 끊긴 친구들처럼 내게서 오래 머물지 않고 지나가버리는 것들이었는데 꽤 오래도록 질질 끌려다녔다.

나이가 서른 줄이 다 돼서야 나는 주변 정리를 하기 시작했는데 뭐가 좋고 싫은지 자주 생각하고 또 생각하길 반복했다. 스스로에게 내가 좋아하는 건 이거야, 반복해서 주입시키면서 좋아하는 것들에 충실하고자 노력했다. 흘러온 시간들에 뜰채를 담가 꼭 가져가야 될 것들만 건져내고 보니 그 안에는 신기하게도 크로스핏이 있었다.

크로스핏 점심반을 만나게 된 후, 나는 내 하루가 24시간이 아닌 23시간이라고 여기게 됐는데 매일같이 꼭 한 시간을 이 커뮤니티에 할애하기 때문이었다. 요즘은 아침에 눈을 떠 저녁에 눈 감기까지 이들과 함께 운동하는 것만큼 내 삶에 활력을 주는 일이 없었다. 매일매일이 늘 평균 이상으로 좋았고, 책을 읽는 것도 음악을 듣는 것도 이보다 더 좋은 경우는 웬만하면 드물었다. 크로스핏이라는 운동 안에서도 굳이 평일 점심반을 고집하는 이유가 바로 여기에 있었다.

신혼집 가구 고르듯 까다롭게 고른 이 교집합은 내가 원하던 이상적 취향 공동체에 딱 맞아떨어졌다. 전 회원 중에 가장 운동 잘하는데 겸손하기까지 한 A오빠, 최고의 심판이자 든든한 지원군인 B오빠, 자기 기록을 기준점으로 삼으라며 늘 도전정신을 불러일으키는 C오빠, 친구같이 편하게 대해주는 D언니, 이들과 함께 보내는 시간이 너무 소중해서 어느 날은 박제해놓고 싶을 만큼 좋기도 했고, 어느 날은 부서져버릴까 봐 노심초사하기도 했다.

짧은 시간에 고효율로 운동할 수 있는 크로스핏은 현대사회에 잘 맞는 운동이 틀림없었다. 그런데 단지 이 운동 자체의 좋고 나쁨을 떠나서 좋은 사람들과 함께하기 때문에 좋은 것인지 크로스핏이란 커뮤니티 운동 자체가 좋은 것인지 언제부터인가 헷갈렸다.

가슴에 손을 얹고 생각해보자.

점심반이 아니었다면?

내 인생의 우선순위에서 크로스핏은 없었을지도 모른다. 세상에는 할 수 있는 운동이 정말 많고 운동할 수 있는 공간 또한 한 블록 건너 수없이 많이 보이는 게 요즘이니까. 그런데 그렇게 많은 선택지들 사이에서 하나가 좋아진 건 마치 하루키 소설 속 4월의 어느 봄날 우연히 마주친 100%의 여자아이 같은 것이라 말할 수 있겠다. 소설 속 화자처럼 지나고 나서 100%였다고 후회하지 않으려면 내게 맞는 취향 공동체를 어떻게든 꽉 붙잡고 놓지 말아야 한다. 나는 늘 이 사실을 뇌리에 새기면서 점심마다 습관처럼 박스에 간다.

어릴 때부터 부모님을 통해 취향이나 취미를 갖는다는 건 길고 권태로운 일상을 버텨낼 힘이 되어준다는 걸 배웠다. 일단 갖게 되면 쉽게 놓지 못하게 될 거라는 것 또한 알게 됐다. 그렇다면 인생에서 놓지 못하는 것들을 함께할 사람을 만난다는 건 얼마나 어려운 일인가. 다행히 나는 운 좋게 좋은 사람들을 만났고 덕분에 내 취향을 좀더 예쁘게 오래도록 지켜낼 수 있었다. 함께한 시간 때문에라도 이 운동은 날이 갈수록 소중해지지 않을 수 없었다.

본디 취향이란 것은 아주 작고 정교하면서도 개미굴처럼 복잡하고 세분화돼 있어서 이것들을 찾고 지켜내는 데는 생각보다 시간이 오래 걸리기 마련이었다.

가령 난 음악이 좋았지만 힙합이 좋진 않았고, EDM이 좋았지만 무작정 시끄러운 음악보다는 가사가 좋은 EDM이 좋았다. 그 와중에 어쿠스틱 버전까지 있으면 그게 바로 내 음악적 취향이 되었다. 스쿠버다이빙을 좋아하지만 알록달록한 산호를 보거나 작은 생물들을 보는 걸 좋아했으며, 처음부터 바다 깊은 곳을 찍고 올라오는 딥 다이빙을 좋아하진 않았다. 장거리 달리기를 좋아하지만 뒤로 갈수록 더 빨라지는 빌드업은 싫어했고, 출발점부터 도착점까지 일정한 지속주로 가는 걸 선호했다. 결국 나는 음악도 좋아하고 스쿠버다이빙도 좋아하고 달리기도 좋아하는 아이지만, 뭐 하나 좋더라도 그 하나의 전부를 좋아하진 않는 아이였다. 그 사실을 알기까지 꽤나 많은 음악을 들어야 했고 일백 번의 다이빙을 해봐야 했으며 천 킬로미터의 달리기를 뛰어야 했다. 이렇게 따지고 보면 사람의 취향이란 거미줄처럼 아주 세밀하게 얽혀 있는 게 아닐까.

처음에는 '나 이게 좋아'라고 말했지만 그중에서도 특히 좋은 하나, 그 하나 때문에 다른 나머지 것들을 모두 상쇄시킬 수 있어서 끝끝내 '난 이게 좋아'라고 말할 수 있는 것. 마치 시간의 풍화 속에 깎이고 깎여서 만들어진 원석을 다시 또 내게 맞게 정교하게 다듬은 보석 같은 거랄까. 지나온 시간만큼이나 공들인 노력만큼이나 너무나 반짝여서, 너무 작고 소중해서 이 작은 보석의 값어치를 비로소 헤아릴 수 있게 되는 것이었다.

　작아서 더 가치 있는 것이 취향이라면 그것이 크로스핏이 됐든 달리기가 됐든 요가가 됐든 주짓수가 됐든 이걸 읽는 모든 분들이 그 보석을 찾았으면 좋겠다. 꼭 땀 흘리고 활동적인 게 아니라도 좋아하는 음악, 좋아하는 책, 좋아하는 영화, 좋아하는 무엇…… 눈 감고 생각해보면 가슴 벅찬 것들이 많을 테니까. 눈에 보이지 않아서 마음으로 봐야 보이는 그런 것들, 그런 취향들로 일상을 채워가는 사람들이 보다 많아지면 좋겠다. 힘들겠지만 그걸 놓지 않고 시간을 들여 오래 지켜가다 보면 먹고살기 급급해서 늘 피로를 조장하는 오늘, 불안하기만 한 내일의 어느 순간, 소소한 기쁨을 만날 수 있지 않을까. 내가 지켜온 작은 것들 때문에라도 지나온 하루하루들이 한순간 반짝여 보일 수 있을 테니까.
　'가장 개인적인 것이 가장 창의적인 것이다'라는 봉준호 감독의 오스카 수상 소감처럼 모두가 보편적인 결과만을 추구하는 사회에서 개인의 취향이란 결국 나 자신에 고유한 색깔을 채워주고 색다르게 빛나게 해주는 무언가가 되지 않을까, 가만히 곰곰이 생각해보는 밤이다.

역도와 연애

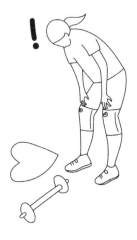

역도는 자칫 힘자랑이라고 여겨지기 쉬우나 고대 그리스 시대 이전부터 이어져온 유서 깊은 운동으로, 체급을 나누는 스포츠 중 유일하게 격투기가 아닌 운동이다. 단순히 힘이 세다고 해서 인간이 무거운 무게의 바벨을 번쩍번쩍 들어 올릴 수는 없듯이 역도란 어디까지나 힘, 유연성, 스피드와 같이 전체적인 코어 에너지를 적재적소에 두루 사용할 수 있어야 한

다. 그런 의미에서 역도는 단순 힘자랑이 아니라 내 몸, 내 정신에 집중해야만 해낼 수 있는 심도 높은 운동이라 할 수 있겠다.

도무지 들 수 없을 것 같은 바벨을 머리 위로 들어 올리는 순간, 내가 세상의 중심이 된 것 같은 착각에 빠질 때도 있고, 잡힐 듯 잡히지 않던 무게를 들게 될 땐 드디어 이게 내 것이 된 것 같다는 짜릿함에 사로잡히기도 한다. 그래서인지 가끔은 역도가 연애와 비슷하다는 생각을 했다.

적어도 나는 바벨 앞에 설 때마다 항상 두려웠으니까. 잘할 수 있을까? 다치진 않을까? 놓치면 어쩌지? 오만 가지 생각이 머릿속을 잠식해서 마치 짝사랑하는 대상을 그릴 때처럼 어렵고 복잡했다. 감당할 수 없을 만큼 무거운 무게를 앞에 둘 땐 특히 더 그러했다.

그럼에도 불구하고 해내고 싶다. 이 하중을 꼭 견뎌내고 싶다는 의지가 있다면 신기하게도 정말로 해낼 수 있기도 했다. 숨을 깊게 들이마신 후 아랫배가 빵빵해지는 걸 느끼면서 온몸과 온 마음을 다해 바벨을 들어 올리는 일. 다음 순간 해냈다는 느낌과 함께 극강의 전율이 일고 이 땅에 바벨과 나 우리 둘만 있는 것 같다는 기분. 이렇게 표현하고 나니 정말이지 역도는 연애와 비슷하지 않은가. 이쯤 되면 힘이 작용하는 원리를 통해 사랑 또한 깨우칠 수 있을 것만 같다.

내 곁에 딱 붙어 있었으면 좋겠다가

하루빨리 떨어졌으면 좋겠다가

캐나다 가수 제임스 TW가 부른 〈When you love someone〉
이라는 노래가 있다.

때때로 부모님들의 사랑이 식기도 해. 가끔은 따로 떨어져 지내
는 게 같이 있는 것보다 나을 때가 있어.

어떤 것들은 아직 네 여동생에겐 말해줄 수가 없단다. 그 아이
는 너무 어리잖니.

그래, 넌 이해하게 될 거야. 네가 누군가를 사랑하게 될 때면.

이 노래는 제임스 TW가 아르바이트로 드럼 교습을 가르치던 중, 이혼 가정 아이를 알게 되고 그를 위로하고자 쓴 노래다. 어릴 때 나도 부모님이 이혼의 위기에 처한 적이 있었다. 새벽녘 좁은 방에 괴성이 울려 퍼졌다. 엄마와 아빠는 둘 중 한 명이 지쳐 쓰러질 때까지 싸웠다. 그 싸움의 끝엔 이런 말이 나왔다. "너 누구 따라갈래." 나는 주저하다가 "오빠 따라갈래."라고 말했다. 오빠랑 친하지도 않고 툭하면 맞기 일쑤였는데 왜 그랬을까. "그냥 다 같이 살면 안 돼요?" 실은 그냥 그렇게 묻고 싶었지만 그때의 공기가 너무 무거워서 그런 말은 꺼내지 못했다. "우리 딸은 아빠 따라갈 거지?" 확신에 찬 아빠 눈을 바라보다가 "네 아빠 따라가면 뭐 좋다고." 엄마의 붉어진 눈을 마주하며 고개를 떨궜다. 나는 아무 말도 할 수 없었다. 옆에 있던 오빠를 바라보며 조용히 "오빠 따라갈래."라고 말했던 건데, 다음 순간 꽤 충격적인 말을 듣게 됐다. "네가 왜? 난 애랑 따로 살래." 여러모로 늘 내 예상을 뛰어넘는 오빠는 당시에도 코웃음을 치며 퉁명스럽게 대꾸했다. 이날의 기억은 꽤 오래 상처로 남긴 했지만, 다시 돌아간대도 아마 나는 똑같은 대답을 했을 것이다. 무엇이든 의지처가 있어야 할 만큼 어린 나이였으니까.

세상일이란 게 참 신기하다. 이제 부모님에게 이혼하라고 말

205

하는 건 나다. "성향이 그렇게 안 맞으면 이혼하는 것도 괜찮아." 다음 순간 핸드폰 너머로 듣게 되는 말은 좀 의외인데 "그래도 네 아빠가……." 이건 아빠랑 통화할 때도 마찬가지였다. "그래도 네 엄마가 좀 부족해도 이건……." 나는 짐짓 나오는 미소를 애써 삼키며 천연덕스럽게 덧붙이곤 했다. "그래도 힘들지 않아? 몇십 년 동안 늘 똑같은 걸로 싸우잖아." "듣는 나도 힘든데. 행여나 나 때문에 참고 산다 이런 말은 하지 말아요~ 알았죠?" 그럼 엄마와 아빠는 발끈했다. "어디 엄마 아빠한테 못하는 말이 없어. 부부관계란 말이야, 그렇게 쉽게 말할 수 있는 게 아니야." 데칼코마니처럼 똑같은 반응이었다. 하루빨리 떨어져 살았으면 좋겠는 것처럼 말할 땐 언제고 일심동체로 날 나무라는 걸 보면 이것 참 이율배반적이란 말밖에 할 말이 없었다. 그리하여 사랑에 관해서라면 나는 정말 알 수가 없었다. 참고 인내하고 견디는 게 사랑이 아닐까 싶다가도 굳이 꼭 함께해서 부딪치고 깨지며 서로를 흠집 내는 게 좋은 걸까 싶기도 하고. 사랑이 정말 어려운 거라는 걸 알게 된 후에야 내가 살아온 날들보다 더 긴 시간을 함께해온 부모님을 좀더 이해할 수 있게 됐다. 아마 그래서 불난 집에 부채질하는 시누이 역할을 자주 했던 건지도 모르겠다. 그냥 더 사랑하라고, 사랑해서 더 미워도 해보고 용서도 해보라고 옆에서 바람을 넣는 그런 역할로나마 딸로서 두 분의 사랑을 응원하고 싶었다.

가끔 역도가 사랑과 비슷하다 싶을 때가 있었다. 무거운 무게를 들어 올릴 때만 해도 바벨이 내 몸에 딱 달라붙어 있었으면 좋겠다 싶었다. 동작을 다 수행하고 나면 빨리 떨어져버렸으면 좋겠는 게 또 바벨이었다. 얼마 전까지만 해도 정말이지 간절했는데, 들고 나면 다시는 보고 싶지 않을 만큼 순식간에 바닥으로 내동댕이쳐버리는 것. 내 곁에 딱 붙어 있었으면 좋겠다가도 하루빨리 떨어졌으면 좋겠는 것. 역도는 그렇게 내가 맨처음 알게 된 사랑과 참 많이 닮아 있었다.

*

밀어야 할 때 제대로 밀지 못한다.

당겨야 할 때 놓쳐버리기도 한다.

사랑에 관해서라면 늘 서툴렀고 물론 지금도 서툴다. 부모님이 자주 다퉈서였는지, 어린 시절 겪었던 따돌림 때문이었는지, 섭식장애에서 비롯된 외모에 대한 강박관념 때문이었는지, 그도 아니면 나란 사람이 원래 이렇게 생겨먹어서인지 모르겠지만 아무튼…… 나는 연애에 늘 서툴렀다. 이런 내가 연애에 관한 글을 쓰다니 아마 앞으로 더 연애를 못하지 않을까 싶지만, 그래도 일단 펜을 들었으니 써보려고 한다.

커피를 마실 땐 밍밍한 아메리카노보다는 샷 추가된 진한 아메리카노를 더 좋아한다. 편의점에 갔을 땐 매대 위 1+1 상품에 눈길이 간다. 혼자 좋은 풍경을 볼 때는 으레 외로워져서 이 좋은 걸 다른 이와 함께 보고 싶다는 생각이 든다. 맛있는 걸 먹을 때는 꼭 이 맛을 누군가에게 알려주고 싶어 한다. 좋은 음악, 좋은 책을 접했을 땐 나만 알고 싶어서 꽁꽁 싸매기보단 생각나는 사람에게 추천해주곤 한다. 그리하여 나는 뭐든 하나보다는 둘이 낫다고 생각하는 사람이다.

이런 내가 5년째 연애를 못했던 이유는 아마 두려워서가 아닐까. 사랑받고 싶은데 온전히 사랑받을 수 있을까? 내가 아닌 타인에게 100% 솔직해질 수 있을까? 내 안의 어두움을 다 털어놓아도 받아들여질 수 있을까? 항상 스스로 벽을 쳤다. 상대방에게 피해를 주기 싫다는 명목으로 보이고 싶은 면만 보이고, 보고 싶은 면만 보게 했다. 사랑에 관해서라면 특히 더 그러했는데…… 밀어야 할 때 제대로 밀지 못하고 당겨야 할 때 제대로 당기지 못한 건 순전히 내가 겁쟁이라서였다.

"밀어!" "당겨!" "해!" "가자!"

역도 동작을 할 때 주변에서 들리는 외침들. 나는 자주 바벨을 놓아버리곤 했다. 무서워서였다. 다르게 말하면 나약함을 드러낼 용기가 없었다. 다치기 싫고 상처받기 싫어서, 잘못될까 봐 무서워서…… 바벨을 툭 놓아버리듯 관계 또한 마찬가지였다. 사람에게 깊이 다가갈 수가 없었다. 예쁜 모습만 보여주려 하고 상대방이 보고 싶어 하는 모습만 보이려고 하니 누굴 만나도 온전해지지 못했다.

'남의 신발을 신어보려면 먼저 내 자신의 맨발을 보여야 한다.'

예전에 어떤 책에서 이런 문장을 본 적이 있는데 나는 아마 이게 사랑이 아닐까 싶었다. 내가 밀당을 못하는 이유도 궁극적으로는 여기에 있지 않을까. 아직은 내 속, 내 밑바닥까지 보여줄 용기를 갖진 못한 것 같다.

힘들이지 않아도 잘될 땐,
너무 힘주지 말고 흘러가는 대로 하면 된다

그럼에도 불구하고 가끔 역기가 잘 들릴 때가 있다. 별로 힘들이지도 않았는데 바가 공중에 빵 떠서 어깨에 딱 하고 박혀버리는 순간, 나는 드디어 이것이 내 것이 된 것 같다는 생각을 하게 된다. 생각보다 무거운 무게를 깔끔하게 들어버리니 주변에서도 잘됐다며 나만큼이나 즐거워한다. 사실 끙끙대고 밀어도 밀리지 않으면 던져버리는 게 맞다. 당겨지지 않는 건 말리기 전에 놔버리는 것도 맞다. 사랑도 마찬가지일 것이다. 놓지만 않으면 애쓰지 않아도 내게 맞는 것들이 올 테고. 그때 난 너무 힘 주지 않고 제대로 당기기만 하면 된다. 지금까지 내 몇안 되는 연애는 모두 나 좋다는 사람들로부터 시작됐다. 애초에 나는 자신감이 결여돼 있었다. 상대방에게 피해 주기 싫다는 생각으로 나 좋다는 사람이 아니면 잘될 가능성이 전무했다. 첫 연애는 사귀어주지 않으면 물에 빠진다 그래서 사귀었는데 헤어진 후 거식증에 걸렸다. 두 번째 연애는 입대하기 전 고백했는데 제대한 후에도 또 고백한 친구와 만나게 됐다. 그가 군대 가기 전 나는 사회적 기준에 맞는 예쁨에 정말 잘 부합한 상태였다. 어렸고 예뻤고 여리여리했다. 비록 내 정신 상태는 〈아기 공룡 둘리〉에 나오는 해골 물고기처럼 한없이 피폐하고 염세적이었지만 말이다. 취향이 같아서 설렜지만 역시나 연애까지 가기에는 나란 사람의 정신이 너무나 연약했다. 몇 년의 시간이 흘렀다. 두 번째 고백을 받았을 때 나는 여전히 먹고 토하길 반복하고 있었다. 살집이 제법 붙어서 몸이 예전보다 훨씬 더 많이 비대해져 있었다. 그런데도 내가 좋다니 참 신기할 노릇이었다. 편견 없이 날 좋아해주는 사람인 건가. 유난히 그 사람이 멋있어 보였고 그렇게 나는 내 안의 벽을 하나 깼다. 하지만 여전히 섭식장애와 싸우고 있다는 것, 내 유년 시절의 어두움, 마냥 행복하지만은 않은 우리 가족에 대해서 말하지 못했다. 헤어지는 순간까지도.

언니네 이발관의 리더이자 작가인 이석원의 책『언제 들어도 좋은 말』에는 이런 구절이 나온다.

영혼의 짝을 기다리고 진정한 친구를 찾아 헤매던 날들이 내게 보상해준 것은 무엇일까. 나의 결핍은 친구나 가족, 연인이 메워줄 수 없다. 그들은 나의 결핍을 채워주기 위한 존재가 아니며 그들 자체로 각자의 결핍을 스스로 메워가야 하는 독립적인 존재들일 뿐이다.

어쩌면 나는 내 안의 결핍을 받아들이지 못해서 내게 사랑을 넘치게 주는 사람에게만 마음의 문을 열었던 게 아닐까. 그래서 내 마음을 설레게 하는 사람이 나타나도 매번 단념해버리고 지나쳐버리는 게 아닐까. 두려움을 극복하지 않으면 결코 그 누구와도 연결될 수 없다는 걸 요즘 들어 자주 깨닫는다.

그리하여 나는 정말로 연애라는 걸 하고 싶은 걸까? 진짜 사랑을 하고 싶은 걸까? 고민을 거듭하다 보면 답은 하나였다. 어디까지나 나는 유약하고 결핍 많은 보통 사람이다. 나의 부모님도, 내가 놓쳐버린 사람들도, 나를 지나쳐간 사람들도. 어쩌면 우리는 모두 보통의 존재들이기에 완벽하게 사랑받을 수 없다는 걸 알면서도 계속해서 사랑을 원하고 사랑하길 갈망하는 것이 아닐까…….

그래서 놓지 않으려고 한다. 사랑이 역도처럼만 잘된다면 정말이지 좋을 텐데 말이다.

4

건강한 어른이 돼보려고요

누군가의
무엇이 된다는 것

　운동하는 사람들은 이상하게 가족에 대한 애착이 강했다. 헤드 코치님만 해도 '가족, 크로스핏, 음식' 본인의 인생을 이렇게 세 갈래로 나눈 후 거기에 맞게 충실히 살아갔다. 운동을 같이하는 오빠들도 마찬가지였다. 딸, 아들, 와이프, 부모님, 형제자매…… 대부분의 삶이 가족을 중심으로 흘러갔다. 운동하는 시간을 제외하고서는 거의 모든 시간을 가족과 함께 보냈다. 언젠가 친하게 지내는 오빠가 이런 말을 한 적이 있었다.

"너 왜 사람 손이 두 개인지 알아?"

나는 모르겠다는 듯 고개를 저었다.

"한쪽엔 꼭 놓지 말아야 할 걸 쥐어야 하고 다른 쪽엔 나를 위한 걸 쥐라고. 그러니까 이 손엔 좋은 아빠, 가장으로서의 책임감 같은 게 있다면 다른 손에는 크로스핏이나 운동이 있는 거지."

벌써 5년째 이 운동을 꾸준히 해온 오빠였다. 나는 문득 내두 손을 내려다보게 됐다. 손바닥을 오므렸다 폈다 반복했지만 쉬이 답을 내릴 수 없었다. 그 후로도 한참을 생각하고 또 생각했지만 여전히 대답하기 어려운 질문이었다.

가족이란 단어를 떠올리면 늘 엄마 얼굴이 먼저 떠올랐다. 엄마를 생각하면 항상 마음 한구석이 짠했다. 현모양처였고, 어느 때에는 가장이었으며, 누구보다 강하지만 또 누구보다 여린 사람이었다. 그리하여 엄마가 아닌 박영미로서의 삶을 살지 못한 게 유난히도 마음이 아팠다. 그게 나 때문인 건가 싶어서 자식 된 입장에서는 늘 빚을 지는 기분이었다. 평생 나보다 남을 위해 사느라 고생한 엄마에게 나는 무얼 더 할 수 있을까? 뭐 필요한 게 없냐고 물으면 엄마는 단호하게 말했다.

"네 앞가림만 잘하면 돼. 회사 잘 다니고 있지? 우리 딸은 언제 시집갈까."

이런 말을 들을 땐 그저 고개를 떨굴 뿐이었다. 엄마가 바라는 대로 살 수 없으니 아무래도 난 늘 부족한 딸일 수밖에 없겠다 생각하면서 말이다.

해마다 돌아오는 명절엔 안 그래도 많은 엄마의 일이 더 많아지곤 했는데 설거지, 상차림 돕기, 손님맞이부터 시작해 아빠와의 시비 조율, 크고 작은 다툼 중재 등 여러 가지 일들이 우후죽순 생겨났다. 크로스핏으로 따지자면 AMRAPAs many round as possible 운동이나 다름없다 할 수 있었다. 그마저도 제한 시간이 없으니 세상에서 제일 힘든 와드였다. 나름 체력 꽤나 있다고 자신했는데 명절에는 나 또한 골골댈 수밖에 없었다. 하나의 일이 끝나면 잠시 쉴 겸 안방으로 도망가 안마기를 켜고 몸을 눕혔다. 덜덜덜 돌아가는 안마기 위에서 진이 빠진 채 멀거니 천장을 바라보면 어김없이 엄마 얼굴이 떠올랐다. 할머니의 딸, 아빠의 와이프, 나의 엄마. 크로스핏으로 따지면 거의 선수 급이 아닐까 싶을 정도로 강인한 사람.

"다 쉬었으면 이리 와서 설거지 좀 해줄래."

현실판 엄마 목소리엔 한껏 날이 서 있었다. 누군가의 무엇이 된다는 건 정말이지 참 어려운 일이었다. 산처럼 쌓인 설거지를 끝내고 나니 밖은 이미 어둑어둑해져 있었고 쓰레기를 버리고 집으로 돌아오는 길엔 나도 모르게 한숨이 나왔다. 오늘은 웹툰을 올리는 날이었다. 빨간 날인데도 불구하고 출근하는 날보다 그림 그릴 시간이 더 없다니 이건 말이 되지 않았다. 저녁 8시가 한참 지나서야 태블릿과 펜을 꺼내 들었다. 온종일한 게 집안일뿐이라 그릴 것도 집안일 얘기밖에 없었다. 어제오늘 있었던 이야기를 어떻게든 운동으로 엮어서 그림을 그려나가는데 엄마가 그런 나를 보더니 퉁명스럽게 말했다.

"그런 얘기 누가 좋아한다니. 엄마나 이렇게 살지. 요즘 애들은 그런 거 공감 못할 거야."

고무장갑을 낀 엄마 모습을 막 그리고 있던 참이었다.

"올려봐야 알지."

볼멘소리로 대답했다. 자정쯤에 가까스로 웹툰을 올렸고 곧장 안방으로 갔다. 엄마 옆에 쓰러지듯 누워서 인스타그램에 올린 웹툰 반응을 살폈다.

"있지, 엄마. '좋아요' 그새도 벌써 20개 됐는데? 겨우 10분 지났는데."

엄마 쪽으로 고개를 돌리자 흔들리는 눈동자가 보였다.

"그런 얘기 누가 좋아한다고. 계속 핸드폰 보고 있으면 눈 아프니까 끄고 자자."

덤덤하게 말하며 눈을 감는 엄마. 괜히 마음이 울컥했다. 우리 엄마는 크로스핏으로 따지면 맷 프레이저 급인데 왜 저렇게 자신감이 없는지 속상할 뿐이었다. 그 밤 돌아누운 엄마 옆에서 어린아이처럼 몇 번이나 엄마, 라는 말을 반복했는지 모르겠다.

사람 손이 왜 두 개인지 아냐는 말을 들은 지 얼마 안 돼 인스타그램에서 그림을 하나 보게 됐다. 초등학생 아들이 오빠를 떠올리며 그린 그림이었다. 그림 옆에는 작게 아빠에 대한 묘사가 적혀 있었다.

'우리 아빠는… 힘이 엄청 세고 운동을 같이 잘해준다. 또, 우리 아빠는 피구를 잘한다. 그리고 UFC를 좋아하신다.'

한참을 그 그림에서 눈을 떼지 못했다. 나는 다시 한번 내 손을 내려다보게 됐다. 무엇을 쥘 것인가. 무엇을 쥐어야만 하는가. 1인 가구로서 결혼이란 제도에 대해 그다지 호의적이지 않은 게 나였다. 결혼을 생각하면 어김없이 엄마 얼굴이 떠오르고 그러다 보면 대답을 더 보류할 수밖에 없었다.

"나는 애초에 결혼하면 안 되는 사람이었어. 고양이가 옆에서 바스락거리기만 해도 신경 쓰여서 일어나는데. 처음부터 내가 이런 줄 알았으면 결혼 같은 거 안 했을 텐데."

오빠에게 손에 관한 질문을 들었던 날, 앞에 앉은 언니도 이런 말을 했다. 언니는 한 번 결혼했다 돌아온 싱글이었다. 다른 회원이 그런 언니를 보며 첨언했다. "그래도 아직 젊은데 더 좋은 사람 만날 수 있지." 말이 끝나기가 무섭게 오빠가 불쑥 말했다.

"결혼을 또 한다고? 알고서도 왜 해. 그걸. 다시 돌아가면 결혼이란 제도에는 속하지 말아야지."

물론 장난이었겠지만 누구보다 가정에 충실한 오빠인데 참 이율배반적인 말이 아닐 수 없었다. 노아 바움백 감독의 영화 〈결혼 이야기〉처럼 어쩌면 누군가의 무엇이 된다는 건 정말로 어려운 일일지 모르겠다. 평생 한 남자를 사랑한다는 것과 평생 누군가의 와이프. 누군가의 엄마로 살아간다는 건 다른 차원의 문제일 테니까.

얼마 후 나는 다시 펜을 쥐었다. '너 왜 사람 손이 두 개인지 알아?'라고 묻던 오빠와의 대화를 웹툰으로 올렸다. 여전히 나는 질문에 대한 답을 찾지 못했고 앞으로도 찾을 수 있을지 없을지 장담하지 못하겠다. 그렇지만 좋은 질문은 질문 자체에 이미 답을 담고 있다고 하지 않는가. 당분간은 가슴에 이 질문을 묻어두기로 했다. 잊어버리지 않게 그림으로 남겨 오래도록 스스로에게 묻고 또 물어봐야겠다.

어디에도 소속되지
못한 사람들

돼지족

평균 몸무게 100kg에 달하는 돼지족은 주로 파워 리프터다. 이들은 역도를 너무 잘해서 그런지 상대적으로 짐네스틱(체조) 계열에 취약해 보인다. 돼지들은 늘 더 잘 먹기 위해 운동을 한다고 한다. 돼지로 태어나 종족 유지와 번영을 위해 이들은 나름대로의 운동 기준이 있다.

기준 1. 고중량은 유산소와 똑같지. 그러니 더 먹어도 됨.

기준 2. 저중량 고반복은 무산소지. 산소가 없으면 안 되니 그냥 중량 더 올려서 조금만 하자.

나는 이런 돼지족이 참 인간미 있다.

멸치족

멸치족은 먹어도 살이 잘 찌지 않는 체질을 가지고 있다. 모든 요리에 베이스로 쓰이는 멸치처럼 늘 기본에 충실하다. 주특기는 짐네스틱이며 숨 찬 운동을 잘하는데 사실 이건 피나는 노력 끝에 이뤄낸 결과물이다. 물리학의 아버지 뉴턴이 F=MA(힘이란 질량을 가진 물체를 가속하는 데 필요한 것)를 말했던 것처럼 강해지기(F) 위해서 질량(M)은 필수 불가결하다. 그러니 먹어도 살이 찌지 않는 이들에겐 중량이 느는 데 시간이 좀 오래 걸린다. 대신 질량(M)이 작을수록 속도 변화(A)가 용이해 고반복 유산소 운동을 잘하고 쉴 틈 없이 힘을 기르려 운동한다. 푹 우려냈을 때 그 맛이 살아나는 멸치처럼 무수히 많은 연습량이 이들의 근육을 성장시킨다.

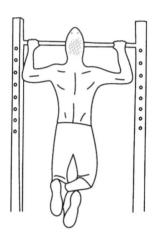

나는 이런 멸치족을 존중하고 닮고 싶다.

위 두 가지 부류가 크로스핏에서 보통 찾아볼 수 있는 인간 유형이다. 그래서인지 돼지족과 멸치족을 웹툰으로 그려서 공개된 곳에 올리고 나니 사람들이 모두 자기 얘기라며 열띤 반응을 보여주었다. 누군가는 전국의 돼지족이 날 만나러 쫓아온다고 했고 누군가는 자기 얘기를 그려줘서 정말로 고맙다고 했다.

"곰족이나 갈치족은 어떡하죠?"
"나는 주류 어디에도 속하지 못하네."
"저는 복어족."

와중에 이런 의견도 하나둘 올라오기 시작했는데 댓글들을 보다 보니 이상하게 마음에 걸렸다. 그즈음 읽고 있던 책 『지적 대화를 위한 넓고 얕은 지식』에는 이런 말이 나왔는데 "무언가를 이해하기 위해서 우리는 항상 그것들을 이원론적 세계관으로 바라본다. 서양과 동양, 인간과 자연, 남성과 여성, 부자와 빈자……" 설마 나 또한 뜻하지 않게 이분법적 논리를 구현해버린 걸까. 돼지족과 멸치족으로 나눴지만 크로스핏에서도 두 유형 어디에도 속하지 않는 사람들이 많았다. 본의 아니게 누군가에겐 소외감을 불러일으킨 게 아닐까 생각하며 나는 소수족에 대한 그림을 그려야겠다 마음먹었다.

영화 〈기생충〉의 오스카 수상이 연일 화제가 되고 있던 2월의 어느 날, 단톡방에서 누가 영자신문 링크를 가져와 물었다.

어떻게 하면 소수족에 대해 잘 그릴 수 있을까 고민하고 있던 참이었다.

"이거 봉준호 감독 비꼬는 거 아니에요?"

링크를 눌러보니 월터 초Walter chaw라는 아시아계 미국인 영화 비평가가 기고한 뉴욕타임스 기사였다. 그 방에 있던 영어강사님이 비꼬는 게 아니라고 아시아계 미국인에 관한 이야기라 말했다.

〈기생충〉이 상을 받았지만 아시아계 미국인의 입지는 여전히 좁습니다. 봉준호 감독 작품이 오스카에서 승리를 거머쥐었지만 아시아계 미국인들을 대변하는 것과는 전혀 관계가 없습니다.

그동안 백인들의 축제라고 불리던 오스카에서 〈기생충〉이 노미네이트된 건 확실히 전 세계에 뜨거운 감자로 자리매김했다. 백인 중심적이고 인종차별적이라 비판받던 아카데미 시상식에서 한국 영화가 4관왕이라니 정말이지 이례적인 일이 아닐 수 없었다. 마찬가지 이유로 이날 봉준호 감독이 했던 수상소감("가장 개인적인 것이 가장 창의적인 것입니다.") 또한 많은 화제가 되었다. 인종이 어떻든 태어난 곳이 어디든 콘텐츠만 좋다면 〈기생충〉처럼 주목받을 수 있고 세계 무대에 오를 수 있지 않을까? 누군가의 마음에는 희망을 싹 틔웠을 테다. 바로 이때 월터 초는 축제 분위기를 자제하라고 일침을 가했다.

대만계 이민 2세 월터 초는 어려서부터 민족주의로 인해 차별을 받아왔다. 미국에서와 마찬가지로 대만에서도 외부인으로 인식됐다. 자신과 같은 아시아계 미국인의 이야기를 다룬 영화 〈The Farewell〉 또한 이번 오스카에서 아무 주목도 받지 못했다. 토종 한국인인 내가 어떻게 그의 모든 것을 이해할 수 있을까. 다만 아시아인도 아니고 미국인도 아닌, 문화적으로 아주 애매한 위치에 있는, 그 어디에도 속하지 못하는 소수의 입장에 대해서 다시 한번 고민하고 생각해보게 됐다. 여기 나와 같은 사람이 있다고 우리의 입장도 알아봐달라고 긴 글로 당당하게 외치는 그의 말은 곧 소수족에 대한 그림으로 이어졌다.

나는 그림 전공도 아니고 작업량이 많으면 어깨가 아파서 웹툰을 그릴 때 컬러는 웬만하면 사용하지 않으려는 편이었다. 그래서 지금껏 내 그림은 모두 흰색과 검은색으로만 이루어졌다. 그런데도 못다 한 소수족에 대해 그릴 땐 최대한 색을 많이 넣었다. 이왕이면 예쁘게 그들만의 특징, 색깔을 모두 다 담아내고 싶었다. 갈치족, 복어족, 말족, 멸치족, 돼지족. 다양한 유형의 사람들을 한곳에 담아내자 어쩌면 이렇게 다들 개성들이

강한지 보다 보면 웃음이 났다. 다시 한번. 운동에서도 일상에서도 다양성을 인정하는 게 중요하다는 생각을 했다. 특히나 다양한 운동이 섞여 있는 크로스핏에서는 더욱 그러했다.

흰색이 아름다운 이유는 어쩌면 그 안에 수많은 색을 그려낼 수 있어서일지도 모르겠다. 검은색이 아름다운 이유는 수많은 색을 담고 있어서 그럴지도 모르겠고. 색깔에 대한 이 같은 신념은 그리고 난 후에 더 확신하게 됐는데, 다채로운 색깔처럼 우리가 속한 사회는 여러 사람이 어우러져서 만들어지는 공간이다. 내가 운동하고 있는 단체 공간도, 나아가 국가도, 세계도. 그러니 사람이 모두 다 다르다는 걸 받아들이고 존중하는 것만이 조금 더 아름답고 재미있는 세상으로 나아가는 방법이 아닐까. 멀리 갈 것도 없이 크로스핏 박스에서만 봐도 이들 한 명 한 명이 없다고 생각하면 너무나 허전하고 재미가 없었다. 다양한 사람들이 다양한 색을 내비치며 조화롭게 이루어진 세상. 아마 그런 세상이 진정으로 아름다운 세상이 아닐까.

별거 아닌
오늘 같지만

"내일이 지구 멸망의 날입니다. 오늘 무얼 하시겠습니까?"

대학생 때 우연히 TV 프로그램 〈스펀지〉에 출연한 적이 있었다. 명동 한복판에서 갑자기 카메라가 들이닥치더니 이런 질문을 했다. 당시 교수님 소개로 고교 토론 방송에 방청을 가던 길이었다. 같이 걷던 오빠는 우스갯소리로 대답했다.

"사과나무를 심겠어요."

나 또한 별 고민 없이 말했다.

"가던 길 갈 것 같아요. 스티브 잡스가 그랬잖아요. 오늘이 마지막 날인 것처럼 살라고. 열심히 살았으면 후회 없겠죠."

누가 토론 수업 듣는 학생들 아니랄까 봐 뉴턴이나 잡스 같은 유명 인사들을 끌어와 어려운 답변을 어영부영 대신해버렸다. 오빠는 어땠는지 모르겠지만 사실 난 대답은 저렇게 해놓고 진짜 지구 멸망을 앞둔다면 무엇을 해야 할까 진지하게 고민했다. 토론 방송 녹화 시작 전, 잠시 화장실을 다녀오며 엄마에게 전화를 한 것도 그 때문이었다. 사랑한다고 말했다. 내일이 지구 멸망의 날이라면 나는 아마 제일 먼저 내가 사랑하는 가족에게 사랑한다고 말할 것 같았다.

사실 나는 평소에도 '사랑해'라는 말을 자주 하는 편이다. 마음을 표현하기에 이보다 쉬운 방법이 없기 때문이다. 전화를 끊을 때마다 '사랑해'라고 말하니 누구라도 옆에 있는 날이면 으레 이런 말을 듣는다.

"너 아빠, 엄마한테도 사랑한다고 말해?"

고개를 끄덕이면 '효녀네'라는 긍정적인 반응을 듣거나 '으, 나는 닭살 돋아서 못하겠어' 같은 부정적인 반응을 듣곤 했다. 전자는 확실히 아빠와 유사하며 후자는 정확히 엄마와 비슷했다. 그래도 몇 년째 같은 말을 반복하니 요즘엔 엄마도 '사랑한

228

다' 대답하는 날이 종종 있었다. 그런 날이면 이상하게 기분이 좋았다. 또 한편으로는 안심도 됐다. 내가 이렇게 표현을 잘하게 된 데에는 물론 여러 가지 요인이 있겠지만 대학 선배의 영향이 컸다.

"이거 챙겨 먹어. 아빠가 메추리 농장 하시는데 내 거 쌀 때 니들 주려고 좀더 싸왔어. 너랑 룸메랑 나눠 먹으라고."

기억 속 선배는 유난히 후배를 잘 챙기는 사람이었다. 기숙사생이 반찬 받아보는 건 엄마 빼고 없을 줄 알았는데 선배가 그 어려운 일을 해냈다. 락앤락 유리그릇 안에 정갈하게 담긴 메추리알 간장 조림을 보고 있으면 갓 데운 햇반처럼 마음이 몽글몽글해졌다.

경영학도였던 선배는 그즈음 휴학하고 보험회사 인턴 활동을 시작했는데, 그쪽 업계가 힘들다는 소리는 들었지만 동아리방에서도 기숙사에서도 점차 선배 얼굴을 보기 어려워졌다. 어쩌다 한 번 학교를 오는 날에는 그렇잖아도 마른 몸이 더 수척해져 있었다. 원래 살가웠던 후배도 아니었지만 정장을 입은 선배 모습은 유난히 낯설어서 오랜만에 봤는데도 친근하게 대하지 못했다. 그렇게 1년, 나 또한 대외활동이다 봉사활동이다 바쁘게 지내다 보니 선배에 대해 까맣게 잊어버리고 있었다. 깨끗이 비워서 돌려준 그릇만큼이나 어쩌면 선배라는 형식적 테두리만 남아버린 걸지도 몰랐다. 대학 3학년 개강 전날, 모르는 번호로 전화가 한 통 왔다. 선배였다.

"잘 지냈니? 나 내일부터 학교 가. 오랜만에 복학인데 애들 생각나서 연락해봤어."

반가움보다는 어색함이 더 커서 무슨 말을 했는지도 잘 기억이 안 나지만 또렷하게 기억나는 게 있다면 선배의 떨리는 목소리였다.

"나 진짜 열심히 살 거야. 돌아가면 열심히 공부할 거고 회계 공부 열심히 해서……"

거기까지가 끝이었다. 열심히라는 단어가 무색해질 만큼 선배는 얼마 후 교통사고로 세상을 떠났다. 학교 가는 버스를 잡으려고 급하게 뛰어가다 불의의 사고를 당했다. 그날 밤 장례식장에서 처음으로 선배의 가족을 봤다. 동아리 회원들과 테이블에 앉아 있는데 등 뒤로 오열하는 소리가 들렸다. 차려진 상을 보는데 어느 날 저녁 맛있게 먹었던 메추리알이 생각나 이상하게 빚을 진 기분이었다. 기숙사로 돌아와서는 동틀 때까지 잠을 이루지 못했다. 물을 마시려 냉장고를 열면 마음이 더 헛헛해졌다. 언젠가 저기에 선배가 준 반찬이 놓여 있었는데. 복받쳐 오는 감정을 참을 수가 없어서 일기를 썼다. 눈이 부은 채로 울다가 쓰기를 반복하면 어김없이 해는 떴고 새가 지저귀었다. 창밖으로 학생들이 하나둘 교정을 걸어 올라오고 있었다. 1교시 수업을 들으려면 이제 나도 준비를 해야 하는데……. 이상했다. 한 사람이 죽었는데도 모든 것이 변함없이 돌아간다는 게. 내 핸드폰 통화 목록엔 여전히 선배의 이름이 존재했는데 말이다.

한 사람의 죽음은 그를 둘러싼 사람들에게 많은 영향을 끼친다. 가까운 가족의 죽음은 말할 것도 없고, 친구, 지인의 죽음, 동경하던 스타의 죽음…… 사인은 모두 다르겠지만 남은 사람들은 어떻게든 살아가야 한다는 게 공통점일 것이다.

최근 스포츠계에서도 안타까운 부고 소식이 있었다. 바로 농구선수 코비Kobe Bryant의 헬기 추락 사고였다. 뜻하지 않은 사고사에 전 세계가 큰 충격에 휩싸였고 코비의 팬들 또한 황망함을 감출 수 없었다. 크로스핏 박스에도 애도의 물결이 일었다. 사고사 보도 이후 처음 하는 와드로 코비의 등번호를 딴 운동이 나왔다.

5 rounds for time of (Time cap 16 min)

8 power snatches / 24 wall ball shots / 20 box jumps

16분 안에 5라운드를 반복하는 운동. 한 라운드당 8개의 파워 스내치, 24개의 월볼샷, 20개의 박스 점프를 해야 한다. WOD의 각각의 숫자가 가진 의미는 다음과 같다. 5는 코비가 레이커즈와 NBA 챔피언십을 우승한 횟수. 8은 1996년부터 2006년까지의 등번호. 24는 2006년부터 2016년까지의 등번호. 20은 코비가 현역으로 뛴 기간을 뜻한다.

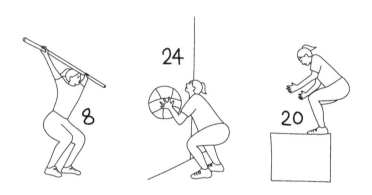

하는 내내 최선을 다했다.

운동이 다 끝난 후 칠판에 적힌 기록을 보고 있는데 같이 운동한 오빠가 말했다

"사실 내가 제안한 거야. 어젯밤에 H코치한테 하자고 했어."

허탈한 눈으로 칠판을 바라보는 오빠를 보았다. 그날은 오빠가 퇴사를 하고 난 후 처음으로 점심에 운동을 나온 날이었다.

코비의 죽음 때문인지 새 출발에 대한 불안감 때문인지 오빠의 어깨는 유난히 내려앉아 있었다. 박스 바닥에서 힘없이 샐러드를 먹는 오빠에게 뭔가 기운 내라고 말해주고 싶었다.

소셜미디어에도 종일 코비의 사진이 올라왔다. 예쁘고 행복한 사진과 짧은 글이 대다수였던 공간에 긴 글이 여럿 올라왔다. 마이클 조던의 팬으로서 코비를 좋아하지 않았는데 그가 또 다른 영역을 일궈내자 새삼 존경하게 됐다는 글, 리틀 코비라 불렸는데 유년의 모든 것이 날아간 것 같다는 글, 낯설고 힘들었던 조기 유학생활 속에서 미국 아이들과 농구할 때 코피 플레이를 따라 했던 게 큰 힘이 됐다는 글…….

글을 읽다 보면 그 마음이 전해지는 것 같아 가슴 한쪽이 찡하면서 아릿했다. 코비에 관한 웹툰을 그리겠다 결심한 것도 이러한 울림 때문이었다. 처음에는 그의 끊임없는 자기 계발과 사람들의 애도 글을 담아 코비가 이런 선수였다는 걸 기억하려 했다. 실제로 코비는 매일 새벽 4시에 일어나 슈팅 연습을 하고 좋아하는 일에 최선을 다하는 프로였다. 하루 슈팅 연습만 1,000번을 할 정도로 연습 벌레였고 매일매일 보다 충실하게 살기 위해 등 번호까지 바꿀 정도였다.

하루는 24시간이고 농구의 공격 제한 시간도 24초다. 매 시간

매 초 최선을 다하기 위해서 등번호를 바꾸었다.

그런데 코비의 등번호 24를 그리는 와중에 뜬금없게도 선배가 생각났다. 그 옛날 '열심히 살 거야'라고 말하던 그 목소리가 들리는 것 같았다.

등번호 24번.

하루 24시간.

어제와 다름없이 똑같이 적용되는 오늘 하루가 누군가에게는 정말로 열심히 살고 싶던 내일이 될 수 있다는 것.

다음 순간 뜻하지 않게 다른 방향으로 웹툰을 풀어나가기 시작했다. 오늘 내가 보낸 하루가 누군가에게는 꿈 같은 하루일 수 있다. 그러니 부끄럽지 않게 더 열심히 살아야겠다. 코비의 웹툰은 그렇게 마무리됐다.

웹툰을 보고 내 팔로워이자 코비의 팬이었던 분들이 어김없이 댓글을 남겨주었다. 나 또한 이미 그분들의 SNS를 통해서 상실감에 대해 공감하고 있었기에 다소 긴장된 마음으로 댓글을 살펴봤다. 따뜻한 댓글이 많았다. 그날은 잠을 자려고 침대에 누웠는데 새삼스레 하루를 돌아보게 되는 밤이었다. 누군가는 살고 누군가는 살지 못한 채 지나간 24시간, 그 소중한 시간의 가치를 다시 한번 생각해보게 되는 것이었다.

'죽음학의 대가'라 불리는 정신의학자 엘리자베스 퀴블러 로스의 책 『인생 수업Life Lessons』에는 이런 말이 나온다.

삶의 마지막 순간에 바다와 하늘과 별, 또는 사랑하는 사람들을 마지막으로 한 번만 더 볼 수 있게 해달라고 기도하지 마십시오. 지금 그들을 보러 가십시오.

우리는 정말로 매일 마지막 순간을 살아내고 있다. 지나간 시간은 절대 반복되지 않고 늘 처음이자 마지막 순간을 살아내고 있는 것이다. 그러니 좀더 충실해야 하지 않을까. 지금 당장 할 수 있는 것들에 최선을 다하면서 말이다.

TV에 방영된 〈스펀지〉를 보고 친척들에게 연락이 많이 왔다. 스티브 잡스 운운했으니 다소 부끄러웠지만 그 부끄러움만큼이나 그날의 기억이 오래 남아 때때로 이렇게 떠올릴 수 있다는 건 좋은 일이었다. 그리하여 '좋아하는 것들에 충실하자.' '할 수 있는 한 열심히 살자.' 잊어버릴 때쯤 한 번 더 곱씹게 되는 것이었다. 별거 아닌 오늘 같지만 사실 정말 별거인 오늘일 수 있었다. 현재의 삶이란 그렇게 선물 같은 것일지도 모르겠다.

마음에서
마음으로

"우즈벡 음식 먹어봤어?"

오랜만에 만난 친구가 뜬금없는 질문을 했다. 우리는 약속 장소였던 서점에서 이제 막 나오던 참이었다. 나는 고개를 저었다. '진짜 맛있는데~'로 시작해서 '너도 좋아할 거야'라고 확신하는 어조로 끝마치는데 갑자기 웬 우즈베키스탄 음식인지 의아할 따름이었다. 불과 몇 분 전까지만 해도 주꾸미 먹으러 가기로 했는데 갑자기 우즈베키스탄? 그제야 친구는 자기가 진짜로 하고 싶었던 말을 꺼내놓았다.

"내 머릿속에 영화 같은 장면이 하나 있는데……. 정말이지 천사인 줄 알았어."

볼이 상기된 채 운을 떼는 친구가 낯설었다. 좋은 걸 좋다고 표현하는 데 어색해하는 친구였다.

"이번에 우즈벡 출장 다녀왔잖아. 우리 학교로 유학 온 우즈베키스탄 학생들 데리고 걔네들 나라에 석유회사 견학 간 거였거든. 애들도 이제 본국 돌아가면 취업해야 하니까 학교 차원에서 도움 줄 겸. 견학 다 끝내고 나오는데 회사 앞에 어떤 할머니가 구걸하고 있는 거야. 약 살 돈이 없습니다, 라고 쓰여 있는 것 같았는데 그냥 무시하고 갔어. 왜, 한국에서도 지하철이나 길거리에서 구걸하는 사람들 많잖아? 뒤에서 자꾸 뭐가 웅성거리길래 봤더니 애들이 다 주섬주섬 돈을 꺼내서 할머니 손에 쥐어주는 거야. 그것도 그냥 쥐어주는 게 아니라 한 명 한 명 할머니를 안아주면서! 놀라서 보는데 애들이 눈물 흘리고 있었어……."

격양되고 떨리는 어조로 말을 잇던 친구는 잠시 호흡을 가다듬더니 내게 물었다.

"진짜 애들 너무 착하지 않냐? 천사야. 전혀 때 묻지가 않았어."

나는 웃으며 말했다.

"너 정말 좋은 일 하는구나? 네 학생들 진짜 착하네."

잠시 당황하던 친구는 이내 고개를 끄덕이며 대답했다.

"응. 이번 출장은 정말로. 너도 봤으면 공감했을 거라니까?"

손짓 눈짓을 더해가며 친구는 어떻게든 천사를 만난 경험을 소상히 설명해주려 했다. 보진 않았지만 보이는 것 같기도 했다. 나 또한 그 자리에 있었다면 우즈베키스탄 유학생들 머리 위에서 엔젤링을 봤을 것이다. 사람이 타인의 슬픔에 공감한다는 것, 진심으로 위로해준다는 건 정말이지 어마어마한 일이니까.

저녁을 먹는 내내 우리는 비슷한 이야기를 이어나갔다. 하나에 빠지면 온통 그 하나에 대해서만 얘기하는 게 마치 거울을 보는 것 같았다. 어쩌면 그래서 우리가 계속 친구일지도 몰랐다. 핸드폰을 꺼내든 친구가 출장 사진을 보여주며 우즈베키스탄 유학생들을 거듭 칭찬했다.

"이번에 우리 학교에서 견학 스케줄 짰던 곳이 다 회사나 은행권이었거든? 취업이 중요하니까! 마지막 날에 시간이 좀 남았는데 애들이 고아원 방문하자 그러더라고. 사비 들여가며 학용품도 사고 진로 상담 들어주고 한국 유학 얘기도 해주는

데⋯⋯. 와⋯⋯ 나 정말 감동받았어. 봐봐. 너무 착하지 않냐?"

'너무 착하지 않냐'라는 말만 벌써 열 번째였다. 동어반복이 지칠 만도 한데 보고 있으면 이상하게 힘이 났다. 오랜만에 보는데도 일 얘기를 계속하는 친구 모습을 보니 정말로 잘 맞는 일을 찾았다는 생각이 들어 나도 기분이 좋아졌다.

얼마 전까지만 해도 친구는 서울 소재 의료기기 회사 해외 영업 파트에 속해 있었다. 그때는 햇빛 못 받은 식물처럼 힘이 없고 다소 예민했었다. 제조업 특유의 남성 중심적이고 권위적인 분위기에 힘들어하던 친구는 결국 연고도 없는 지방 대학 교직원으로 이직을 했다. 지금은 전공인 영어를 살려 교내 유학생들의 진로를 담당하고 있는데 그곳도 생각보다 일이 많고 때때로 갑질을 겪는다고 했다. 그럼에도 불구하고 이번 우즈베키스탄 출장이 큰 힘이 됐다면서 다시금 자신의 학생들을 칭찬했다. 이러나저러나 친구는 이미 우즈베키스탄 유학생들의 착한 심성에 홀딱 반해버린 것 같았다. 그 밤, 무엇에서든 감정 표현이 거의 없던 친구가 상기된 목소리로 말을 이어가서 자꾸만 웃음이 났다.

최근 감명 깊게 읽은 김은진 작가의 에세이 『동거 식물』의

맨 마지막 장에는 이런 글이 나온다.

인간은 이다음에 다른 무엇이 되는 것이 아니라 나무가 자라도 나무이듯, 더 자라도 그저 내가 될 뿐. 그리고 무엇을 먹고 어찌 살아가는지보다 중요한 것은 어쩌면, 나로 인해 어떤 타인이 먹고살 수 있을지 고민하는 것이다.

나는 이 문장에 밑줄 그은 채 꽤 오래 곱씹어 읽었다. 한 단락을 거의 다 외울 정도였는데 아마 요즘 내가 빠져 있는 게 대개 이런 쪽이기 때문일 것이다. 사람은 어떻게든 다른 생명에 영향을 끼칠 수밖에 없고 그게 선한 쪽으로 작용된다면 사회가 보다 긍정적으로 변모하지 않을까? 사실 이러한 선한 영향력은 내가 좋아하는 크로스핏과 달리기를 통해서도 매번 만나왔다.

작년 9월부터 올해 2월까지 반년간 호주 산불이 진압되지 못했다. 서울의 약 200배에 달하는 면적이 불에 타서 사라졌고(1,100만 헥타르의 삼림 손실) 화재로 인해 33명의 인명 피해가 발생했다. 10억 마리 이상의 야생동물이 죽었고, 호주의 대표 동물인 코알라는 그 종 자체가 독자적 생존이 불가능한 '기능적 멸종 위기종' 상태에 이르렀다. 전문가들은 지구온난화로 인해 이상기후가 발생했으며 낮은 강수량으로 호주 산불이 더 확산될 수밖에 없다고 분석했다. 결국 무분별한 개발과 인간의 이기심이 대규모 자연재해로 이어진 것이었다.

크로스핏에서는 #koalachallenge(코알라 챌린지)라는 소셜 챌린지를 통해 야생동물보호기금을 모금하는 움직임이 일어났다. 운동기구 벤치를 나무로 보고 코알라처럼 한 바퀴 돌면 참여가 완료되는데 이때 바닥에 몸이 닿으면 챌린지 실패로 간주됐다. 참여가 모금으로 이어지기 위해서는 사진이나 영상으로 인증 기록을 남겨 개인 소셜에 #koalachallenge 해시태그를 삽입해 업로드해야 했다. 세계적인 크로스핏터 맷 프레이저가

이 캠페인에 동참했고 인스타그램에 #koalachallenge 검색 시 5,000개 이상의 게시물을 찾을 수 있을 만큼 많은 크로스핏터들이 열성적으로 참여했다.

일부 사람들은 이 챌린지를 통해 기부가 된다는 걸 확인할 수 없고, 결국 자기 PR용으로 게시물을 올리는 게 아니냐는 비판도 있었다. 하지만 나는 좀 다른 입장인 게 이러한 챌린지는 얼마나 모금되느냐도 중요하지만 챌린지 자체의 순기능에 주목하는 것 또한 중요하다고 생각했다. 한 명의 사람이 챌린지 참여 게시물을 개인 소셜에 올리면 팔로워(대개 관심사나 취미가 유사한 사람들)들이 '아, 이런 게 있구나' 알게 되는 것부터가 이미 긍정적인 신호였다. 사람은 알게 되면 관심 갖게 되고 관심 갖게 되면 행동하게 되는 법이었다. 그리하여 의도하지 않았지만 제3자가 챌린지에 참여하게 되고, 모수가 더 커진다면 이 챌린지는 성공한 기부 캠페인이 될 테다. 이는 애초에 시작조차 하지 않는 것과는 확연히 차이가 났다. 실제로 내가 다니는 크로스핏 박스 회원분들도 코알라 챌린지의 취지를 알게 되자 관심을 가지며 응원하거나 몇몇은 자발적으로 참여하기도 했다. 호주 야생동물 보호단체에 따로 기부하신 분들도 있었다.

크로스핏뿐만 아니라 달리기에서도 이러한 움직임은 이어져

242

왔다. 우리는 종종 플로깅(조깅을 하면서 동시에 쓰레기를 줍는 운동)이나 유기동물 기부 런(소정의 러닝 참여비를 받고 러닝이 끝난 후 유기동물 보호단체에 기부)을 했는데 이를 통해 길거리에 버려지는 쓰레기가 얼마나 많은지 직접 체감할 수 있었다. 달리기를 통해 연중 유기동물이 가장 많이 생겨나는 시기가 여름휴가 기간이라는 것 또한 알게 됐다. 인간이 얼마나 이기적인지 깨달음과 동시에 이러한 이타적 움직임, 소소한 노력들이 있어서 다행이라는 생각이 드는 시간이었다.

최근 코로나19 바이러스로 인해 국내 3대 마라톤인 동아마라톤 또한 취소됐다. 이에 참가비를 바이러스 종식을 위한 성금(희망브리지 전국재해구호협회)으로 내자는 의견이 러너들 사이에서 흘러나왔다. 친구들이 먼저 개인 소셜을 통해 참가비 기부 인증을 하면 이를 보고 또 다른 친구들이 인증하는 선순환이 일어났다. 이러한 선행을 보며 나비의 작은 날갯짓이 기후 변화를 일으킬 수 있듯이, 이타심에 근간한 행동들이 지속되고 확장된다면 더 좋은 사회를 만드는 초석이 될 거라고 나는 믿게 됐다.

일이든 취미든 일상에서 사회적 가치 창출이 가능한 일을 자발적으로 떠올려보는 건 좋은 일이다. 보다 건강한 사회가 된다면 그 사회 안에 속한 나 또한 건강하게 살아갈 수 있을 테니까. 너무 크지 않아도 좋고 너무 대단하지 않아도 좋다. 우즈 베키스탄 학생들이 거리에서 구걸하는 할머니를 안아준 것처럼, 본인들의 견학 프로그램에 고아원 봉사를 넣었던 것처럼, 운동하는 사람들이 챌린지나 기부 런을 하는 것처럼. 사실 따뜻한 행동은 마음만 먹으면 어디에서든 해낼 수 있다. 소소하면 소소한 대로 가치 있고 실천하기도 더 쉬울 것이다.

"그거 해서 뭐 해?" "얼마나 도움된다고?" 간혹 이렇게 부정적으로 말하는 사람들이 있다. 그렇다면 반대로 생각해서 "그것도 안 하면 뭐 해?" "얼마나 도움될지 모르는데?"라고 대답해 볼 수도 있을 것이다. 안 된다고 생각하면 끝도 없고 아주 작은 변화라도 가치는 있다. 변화는 변화한다는 것 그 자체에 주목해야 한다. 바꿔볼 생각조차 하지 않는다면 세상은 절대로 변하지 않을 테니까. 더 좋아질 희망조차 꿈꿀 수 없다면 그건 결국에 더 나빠질 수밖에 없다는 걸 의미하는 게 아닐까? 좋아하는 일, 좋아하는 운동을 통해서도 우리가 속한 사회를 보다 좋게 변화시킬 수 있으며 때론 작고 가벼운 선행들이 예상치 못하게 더 멀리 날아가 더 깊이 뿌리내릴 수도 있다.

"우즈벡 애들이 대부분 성격이 셌거든. 다른 국가 유학생들은 서류 잘못 작성하면 바로 와서 죄송하다 그러는데 얘네들은 실수해도 더 당당하게 따지듯 물어봤어. 그래서 민원 업무 할

244

때까지만 해도 얘네 담당하는 게 정말 싫었거든? 그런데 이제 보니 주관과 소신이 뚜렷한 거였어. 얼마나 착하고 똑 부러지던지."

그날 밤 잠들기 전 친구가 한 말이 어쩌면 답일지도 모른다. 아마 이다음에 또 다른 우즈베키스탄 유학생들을 만나게 된다면 친구는 편견 없이 보다 따뜻한 시선으로 그들을 바라보고 대할 수 있을 것이다. 지나가다 구걸하는 할머니를 보게 된다면 한 번 더 눈길이 갈 수 있을 것이며, 어쩌면 안쓰러운 마음에 기부를 하게 될지도 모른다. 그것은 밤새 학생들의 선행 얘기를 듣던 나 또한 마찬가지다. 우즈베키스탄 학생들에게서 친구로, 친구에게서 나로 따뜻한 마음이 옮겨왔듯이 이 작은 씨앗이 가진 가능성이 이다지도 크다.

아이와 같은
호기심으로

마음이 답답할 때 철학원에 가서 점을 보듯 운동하는 사람들이 병원에 가는 이유도 비슷하지 않을까? 내일이 어떻게 될지 모르지만 불안한 마음을 다잡으려 점을 보는 것처럼, 완쾌 여부가 어떻게 될지 모르지만 계속 운동할 수 있다는 말을 들으려고 병원을 찾는 사람들이 많을 것이다.

"어디가 아파요? 통증은 언제부터였죠? 하는 운동이 뭐예요?"

　병원에 가면 으레 이런 질문 몇 번에 진단이 끝났다. 하는 운동이 크로스핏이라고 하면 정형외과 의사 선생님들이 질색했기 때문이었다. 거기다 달리기도 추가로 한다고 하면 학을 뗐다. '좀 쉬세요'란 말을 듣고 난 후 맥없이 진료가 끝나길 반복했다. 왜 아픈지, 정확히 언제까지 쉬라는 말도 없이 병원 문을 나서는 경우가 부지기수였다. 약국에선 만병통치약처럼 소염제를 줬다. 사람 몸이 다 다른데 염증이 났을 때는 소염제, 대증요법으로만 치료받는 게 나는 불만이었다. 그래서 그때 내가 제일 듣기 싫어하는 말 또한 '운동 좀 쉬세요'였다.

　언젠가는 답답한 마음에 정확히 언제까지 쉬어야 되냐고 물었던 적이 있었다. '다 나을 때까지'라는 막연한 대답이 돌아왔다. 그 후로 웬만한 정형외과는 가지 않았다. 대중교통으로 한 시간 가야 하는 허름한 건물 2층에 위치한 정형외과, 의사 선생님이 곧 러너인 병원만 다녔다. 신기한 게 이 병원은 진료실에 들어갔을 때 어디 아프냐는 말보다 러너냐는 질문이 먼저 날아왔다. 일단 한 번이라도 방문하고 나면 차트에 기록이 남아 다음번부터는 마라톤 기록에 대해 물어왔고.

　"(다리 아플 땐) 러너 맞지? 기록이 몇이야? 풀 뛰어봤어? 진작에 오지 그랬어. 이거 건초염인데 치료하면 금방 나아. 보자, 앞으로 대회는 춘천마라톤 남았지? 충분히 완주할 수 있어."

"(어깨 아플 땐) 머리 위로 드는 동작을 했나 봐? 이쪽 근육이 놀랐는데 달리기하는 데는 무리가 없어. 뛰는 건 팔을 앞뒤로 움직이는 거니까."

반말이 좀 불편할 수도 있겠지만, 러너로서 이런 진료는 치료받기 전부터 이해받는다는 느낌이 들었다. 그래서일까. 이 병원은 실제 주고객이 러너이며 달리기하는 사람들 사이에서는 러너들의 성지라고 불렸다. 사실 규칙적으로 운동하는 사람들이 병원에 가는 이유는 단 하나였다. 지금까지와 마찬가지로 좋아하는 운동을 계속하기 위해서. 그러니 운동하는 사람들이 아플 때 정말로 힘이 되는 말은 '운동 좀 쉬세요'가 아니라 '이 동작은 지금 상태로 무리고 다른 동작은 괜찮아요.' '일단은 치료하고 잘못된 자세 교정해서 다음에는 안 다치게 주변 근육을 길러보시죠.' 같은 말일 것이다. 이는 아플 때까지 왜 운동하냐고, 운동 그만하라는 분들로서는 도통 이해하지 못하는 영역일 수도 있다.

얼마 전에도 같은 병원에 갔다. 누가 봐도 마라토너같이 빼

빼 마른 몸, 가운보다는 싱글렛이 더 잘 어울리는 의사 선생님이 그날도 내 치료를 담당했다. 타닥. 타다닥. 찌릿찌릿한 충격파 치료와 함께 대화가 오고 갔다.

"예전에 나이 많은 선배와 함께 산을 탔는데 웬걸, 선배는 아무렇지도 않은 듯 쌩쌩 앞질러 가는데 힘들어 죽겠더라고. 대체 비결이 뭐냐 물으니 달리기라는 대답을 들었어. 뭐, 그때부터 뛰게 된 거지."

선생님의 러너 인생 서막을 알리는 과거 회상과 함께 담소는 계속됐다.

"옛날에는 버스 한 정거장도 걸어가기 싫어하고 군대에서 남들 다 하는 구보도 안 했거든. 그런데 10km, 하프, 42.195km, 50km, 100km, 철인 3종까지 나는 벌써 10년이 넘게 달리기를 해왔어."

이를 증명하듯 병원 입구부터 진료실 앞까지 줄줄이 운동 관련 상패와 기록증이 빼곡하게 진열돼 있었다. 의학이나 연구 관련 상보다 달리기 상이 많았다. 그러니 이 선생님을 의사라 불러야 하는가? 러너라 불러야 하는가?

"선생님, 그런데 왜 그렇게 달리기를 하시는 거예요?"

다음 순간 예상치 못한 답을 듣게 됐다.

"내 본업이 의사잖아. 호기심이 생기면 꼭 풀어야 하거든. 그래서 공부하는 거야, 내 몸으로. 사람들이 다들 연골 나간다 다리 상한다 그러는데 보다시피 멀쩡하거든? 심지어 또래 중에서 제일 건강하고. 내 친구들은 성인병에 비만에 더 무릎 아파해. 논문 뒤져봐도 달리기가 무릎을 더 안 좋게 한다는 건 정확하게 나오지 않고. 그러니까 내 몸으로 직접 증명해보려고."

광대가 다 드러난 얼굴 사이로 두 눈동자가 이채롭게 빛났다. 나이가 50대 후반은 됐을 법한 정형외과 의사 선생님의 실험은, 솔직히 멋졌다. 아이와 같은 호기심으로 이분은 무려 10년이 넘게 달리기를 이어온 것이었다.

어쩌면 내가 좋아하는 크로스핏 또한 비슷한 연장선상에 있지 않을까. 장거리 마라톤과 마찬가지로 크로스핏 또한 몸에 좋지 않다는 얘기가 많았다. 한정된 시간에 고강도 운동을 해낸다는 건 오히려 건강을 해치기 십상이라는 말. 특히나 무거운 무게를 다루는 역도 동작은 잘못된 자세로 인해 부상 위험이 크다는 비난을 곧잘 받았다. 그런데 대체 어디까지가 고강도 운동일까? 사람의 신체 능력은 모두 다 다르고 운동을 하면 할수록 운용할 수 있는 체력 또한 향상되는데 말이다. 용불용설用不用說이라는 말처럼 몸은 정말 쓰면 쓸수록 좋아진다. 가까운 예로 뒷산 등반도 힘들어하던 의사 선생님이 10년을 꾸준히 뛴 덕에 이제는 풀 마라톤을 무리 없이 달리게 됐다. 이런

분한테 '풀 마라톤은 무릎 나갑니다'라고 주장하는 건 좀 이상하지 않은가. 마찬가지로 'A가 아플 땐 무조건 B약입니다'라는 대증요법 또한 오류를 일으킬 수밖에 없다. 사람의 신체 능력은 모두 다 다르고 증상 발생 요인 또한 미미하게나마 제각각 상이할 것이기 때문이었다.

그럼 또다시 의문인 게, 사람이 과연 무거운 무게를 들 때 자세를 정확히 해내지 못할까? 크로스핏에서는 역도 동작을 할 때 보통 지금 하던 것보다 좀더 어려운 무게를 앞에 두게 됐고 정신을 고도로 집중할 수밖에 없었다. 초보자가 완전히 얼토당토않은 무게를 들지 않는 이상, 이전보다 조금 더 무거운 무게를 들게 될 때 일반인이 큰 사고로까지 이어지기는 어려웠다. 고작 5lb(2.26kg) 늘리는데도 그 전 단계 무게로 여러 번 연습하고 또 연습한 후 자세를 정비한 채 호흡을 가다듬고 시도하기 때문이었다.

게다가 크로스핏 박스에서는 본운동을 할 때 회원들이 감당할 수 있는 수준으로만 코치님이 사전 무게를 지정해줬다. 오늘의 운동을 브리핑받고 난 후 본인이 할 수 있는 무게의 50%, 80%, 100% 그날그날 운동에 맞춰 최적의 중량 비율이 정해졌다. 이는 혼자 하는 것보다 꽤 안전하다 여겨졌다. 회원 입장에서는 전문가가 옆에 있어 훨씬 더 체계적으로 운동할 수 있는 것이다.

"운동하다 안 하면 오히려 더 아픈 거야. 그러니 쉬지 말고 해."

충격파 치료기가 타이머에 맞춰 꺼졌다. 치료를 마친 의사 선생님이 고개를 들더니 짧고 굵게 말을 이었다.

"자, 또 잘 뛰어봅시다."

웃음이 나왔다. 저 말 한마디 덕분에 예전에도 풀 마라톤을 뛸 수 있었다. 이 병원도 나처럼 자주 방문하는 환자 한 명을 얻게 됐고.

생각해보자. 인간의 인지 행동을 분석하고 연구하는 뇌과학자. 인류의 과거를 찾고자 헤매는 고고학자. 이 사람들이 계속 공부하고 연구하는 이유는 무엇일까? 아마도 호기심이 밑바탕에 깔려 있기 때문일 것이다.

운동을 꾸준히 지속하는 사람들 또한 대부분 호기심이 많다. 내 한계는 과연 어디까지일까? 나는 언제까지 성장할 수 있을까? 우리 몸이라는 소우주가 어디까지 팽창될 수 있을까. 궁금해서 들고 뛰고 그렇게 부지런히 움직이는 것이다. 매일 운동하는데도 아직도 알아갈 게 너무 많다. 공부에 왕도가 없듯이 내 몸을 알아가는 데도 끝은 없다.

길을
잃어버린다는 것

길을 잃어버렸다.

정확히는 스스로 길을 잃었다.

불과 며칠 전까지만 해도 나는 꽤 안정적인 직장에 다니고 있었다. 이름만 들어도 알 만한 대기업 계열사에 나쁘지 않은 마케팅 직군이었다. 입사는 계약직으로 들어갔지만 고군분투 끝에 내 능력으로 정직원이 됐다. 업무는 적성에 잘 맞았고 신입 때부터 성과를 인정받았다. 연봉은 높지 않았지만 그렇다고 터무니없이 낮지도 않았으며 워라밸이 보장되는 직장이었다. 관료주의가 심하긴 했지만 고과나 진급을 좀 포기하면 매일 점심시간에 운동을 다녀올 수도 있었다. 운동하는 공간에도 좋은 사람들이 많았다. 좋은 커뮤니티 안에 속해 있어서인지 몰라도 여러 해 동안 밥 먹듯 고강도 운동을 해낼 수 있었다.

그러니까 표면적으로는 일도 운동도 전혀 문제될 게 없었다. 연차가 쌓여서 업무가 쉬워졌고 회사 사람들에게 곁을 내주지 않게 되니 상처받을 일 또한 드물었다. 인간관계에서 갈증이 올 때 그때그때 운동으로 풀었다. 커뮤니티 운동인 크로스핏은 늘 활기찼으며 운동하는 공간에서 나는 꽤 인기 있는 편이었다. 동시간대 운동하는 사람들에게 마스코트라고 불릴 만큼 다소 과분한 사랑을 받으며 취미 활동을 영위해나갈 수 있었다.

그런데 지금 나는 그것들을 모두 다 내려놓았다. 평온하다 못해 너무나 안정됐던 일상을 제 발로 걸어 나왔다. 그렇게 길을 잃어버렸다.

일찍이 철학자 발터 벤야민은 '길 잃기'의 중요성을 아래와 같이 이야기했다.

길을 잃는 것은 온전히 현재에 존재하는 것이고, 온전히 현재에 존재하는 것은 불확실성과 미스터리에 머물 줄 아는 것이다.

이에 영향을 받은 리베카 솔닛은 『길 잃기 안내서』라는 책을 통해 이런 말을 남겼다.

문제는 어떻게 길을 잃을 것인가다. 길을 전혀 잃지 않는 것은 사는 것이 아니고 길 잃는 방법을 모르는 것은 파국으로 이어지는 것이므로, 발견하는 삶은 둘 사이 미지의 땅 어딘가에 있다.

이 책은 인간의 삶이란 원래가 불가해하고 모호한 것이니 '길 잃기'란 바로 그런 삶을 온전히 이해하고 사랑하는 것이라 했다. 주어진 시간 안에 더 다양한 경험을 하고 더 깨어 있고 더 풍요로운 삶, 그것은 모두 '길 잃기'에 달려 있다고……

입사할 때만 해도 '입사만 하면!'이었다가 막상 입사하고 난 후엔 '퇴사만 하면!'이 돼버리는 이 아이러니한 심경 변화도 '길 잃기'란 개념을 통해 살펴보면 이해하기 쉬웠다. 사람은 본래 하나를 가지면 더 갖고 싶어 하고, 무언가를 하면 아직 안 해본 걸 또 해보고 싶어 하는 본능을 갖고 있다고 나는 줄곧 믿어왔다. 매일같이 쏟아지는 사건 사고 기사, 책 또는 영화가 이 믿음에 근거를 보탰다. 아무렴 남부러울 것 없는 성공을 거

둔 개츠비도 닿지 않는 초록 불빛을 그리며 슬퍼하지 않았던 가. 아마 사람은 죽기 전까지 그가 갖지 못한 것들에 대한 욕망, 해보지 못한 것들에 대한 갈증을 머릿속에서 끊임없이 반복해야만 할지도 모르겠다.

그럼 이제 다시 내 이야기로 돌아와 궁극적으로 나는 어떤 삶을 살고 싶은 걸까? 나는 내 삶에 어떤 의미를 부여하고 싶은 걸까? 이 생각을 하게 되면 정말이지 길을 잃어버릴 수밖에 없었다. 적어도 나는 지금 가는 이 길이 맞다고 확신할 수 없었으니까.

꽤 열심히 살아왔다 자신했다. 친한 동생이 지금 읽고 있을 이 책 제목을 '남들이 나보고 프로 열정러래요'라고 지으면 어떠냐고 말할 만큼 나는 내 일상에 지극했다. 출퇴근하는 직장인이 여러 해 동안 규칙적인 운동을 이어왔고 심지어 그 운동은 할 때마다 죽을 것처럼 힘든 크로스핏이었다. 작년 초부터 공개된 공간에 정기적으로 글을 쓰기 시작했고, 글을 쓰는 와중에 그림을 그려서 인스타툰 작가가 됐다. 그렇게 한 권의 책이 나오게 됐다. 책 출간보다 좀더 빨리 그동안의 내 일을 정리한 웹북이 구독형 콘텐츠 플랫폼에 발행되기도 했다.

이 기간 동안 어떠한 모임도 나가지 않았다. 사람들과의 표면적인 만남, 술자리를 피한 채 월화수목금금금 철저히 생산자 입장으로 일했다. '이제 더는 평범한 회사원이 아니라 좀더 가치 있는 사람으로 남고 싶다. 내게 주어진 딱 한 번뿐인 삶을 그냥 뻔하게 흘려보낸다면 아쉬울 테니까.' 결국엔 지금보다 좀더 의미 있는 삶을 살아내고자 내 나름대로 용을 쓴 거였다.

물론 어떤 삶이든 사람은 모두 다 각자만의 이야기가 있고 삶은 삶 그자체로 특별하다. 하지만 적어도 나는, 언제부턴가 이 길 말고 다른 길을 가보고 싶은 마음이 스멀스멀 올라왔고 그리하여 내 일상이 뻔해 보인다는 느낌을 지울 수가 없었다. 모니터 앞에서 멍하게 흘려보내는 시간이 안타까울 때가 많았다. 보여주기식 업무를 해내는 게 재미없어서 무료할 때도 많았다. 목에 걸린 사원증은 언젠가의 내가 그토록 원하던 것이었는데 이제는 답답한 족쇄나 다름없었다. 직장에서의 권태로움이 절정에 달했을 때 운동하는 커뮤니티 안에서도 뜻밖에 군대식 문화를 경험하게 됐다. 참고 싶지 않았다. 운동하는 공간에서 그런 일을 마주한 후 회사로 돌아오니 이런 의문이 들었다. 난 내 가치를 알아주는 사람들과 함께하고 싶은데? 나는 좀더 내 역량을 펼치며 일하고 싶은데? 왜 소중한 시간을 이렇게 흘려보내고 있는 걸까? 어딜 가나 안 맞는 사람들은 있을 거고 시간 앞에서 변하지 않는 관계는 없을지도 모른다. 둥글

둥글게 또는 유연하게 맞춰봄직도 한데 이상하게 그냥 참을 수가 없었다. 가뜩이나 이 길이 아니다 싶었는데 '그래, 이런 무례는 참으면 안 되지', 어느새 내 안에 명확한 이유가 생겨버린 거였다. 나는 나를 깎고 다듬어서 지켜나가는 커뮤니티를 원하지 않았다. 있는 그대로의 나 자신, 이런 나를 사랑해주는 몇 안 되는 사람들, 그들이 소중하게 생각하는 가치, 그것들을 지켜내고 싶었다. 나는 참지 않았다. 덕분에 길 잃기가 쉬워졌다.

말은 이렇게 하지만 손에 쥔 걸 놓기까지 매우 불안하고 초조했다. 직장 생활 5년, 운동 커뮤니티 2년 반. 익숙한 것들을 떠나보낸다는 건 쉬운 일이 아니었다. 그즈음 선우정아의 노래 〈도망가자〉를 자주 들었다. 이 길이 아니라고 생각되면 도망가자. 뒤도 돌아보지 말고. 이런 마음으로 스트리밍을 반복했다. 공교롭게도 이 시기 이 노래가 좋다고 올린 포스팅을 하나 보게 됐는데 반가운 마음에 아래와 같은 댓글을 남겼다.

도망친 곳에도 낙원은 없을지도 모르겠어요. 제가 좋아하는 분이 이 노래에 대해 이렇게 말하더라고요.

다음 순간 뜻밖에 작은 공이 하나 날아왔다.

낙원은 아니더라도 오아시스 정도면 감사하지 않았을까요.

아… 머리를 제대로 맞은 느낌이었다. 오아시스라……. 어쩌자고 그 말에 매료됐을까. 얼마 후 나는 퇴사를 했고 회사 근처에서 다니던 크로스핏 박스 등록을 종료했다. 그렇게 나는 내 안의 불안함을 있는 그대로 마주하게 됐다. 신기하게도 오아시스 정도면 될 것 같다고 마음먹는 순간 정해진 길에서 방향을 틀 수 있었다.

큰일이 없는 이상 아마도 첫 책이 나올 것이고, 그 책의 제목은 당신이 지금 읽고 있는 이 책 〈좀더 단단한 내가 될래〉다. 이 책의 첫 문장은 '단단해지기 위해 도망쳤다'로 시작된다. 별일이 없는 이상 나는 또 새로운 직장에 출근하고 있을 것이다. 스타트업이며 지금까지 한 일과는 전혀 다른 업종이다. 새로운 직장에 발맞춰 아침 시간에 운동할 만한 크로스핏 박스를 찾고 있는 중이다.

그렇게 나는 도망쳤다. 완전히 길을 잃어버렸다.
그런데 어째, 길을 잃어버린 순간부터 이미 좀더 단단해진 것만 같다.

그래도 계속하려는 마음

내가 매일 운동하는 공간에는 달리기를 위한 트레드밀이 무동력만 있다. 무동력이란 말 그대로 전기가 공급되지 않아서 달리는 동력이 온전히 내 몸에서만 나오는 머신이다. 이 머신은 신기하게도 일단 타면 내려올 때까지 비슷한 속도로 뛰게 된다. 반면에 어느 곳에서나 많이 볼 수 있는 전동 트레드밀은 굳이 힘을 들이지 않아도 레일이 앞으로 나아간다. 그 때문인지 뛰면서도 좀만 더 속도를 낮춰볼까 계속 손이 가기 마련이다. 엔진이 밖에 있냐 안에 있냐 차이일 뿐인데 힘들 때마다 의지를 다잡기가 참 쉽지 않다.

사실 스스로 하냐 떠밀려서 하냐의 차이는 모든 것에서 발생한다. 처음엔 전동이 쉽게 느껴질 수 있어도 시간 대비 달리기 실력이 나아지는 건 전동보다 무동력이듯, 좋아서 자발적으로 하는 것들이 결국엔 가장 큰 동력을 얻는다.

어떻게 매일같이 고강도 운동을 하니?

어떻게 풀 마라톤을 뛴 거야?

어쩌다 운동 에세이를 쓰게 됐니?

애초에 나 또한 이런 궁금증 때문에 글을 쓰기 시작한 면도 있다. 무언가를 쓴다는 건 나를 알아가는 가장 좋은 방법이었으니까. 어떻게 써야 할지 갈피를 못 잡은 적도 여러 번이었다. 그때마다 그냥, 썼다. 막막할 때는 생각을 정리할 겸 운동을 했고 도움을 받고자 독서를 했다. 모든 시간이 좋았다고는 할 수 없지만 운동할 때 몰입하고 있는 순간이 참 행복했고, 그 순간을 글로 쓰는 것 또한 기분 좋은 일이었다. 누가 하라 그럴 땐 그렇게 재미없던 일들이 찾아서 스스로 하다 보니깐 이상하게 재미있었다. 덕분에 운동 가는 시간이 월급날처럼 기다려지기도 했고, 퇴근 후 글 쓰는 시간이 이런저런 생각들로 복잡해진 머릿속을 잠시나마 깨끗하게 정리해주기도 했다. 그렇게 한 권의 책을 내게 됐다. 이 책을 마무리하는 지금에 와서는 그냥 좋아서 하는 것들이 건네는 동력이 정말이지 어마어마하다는 걸 또다시 깨닫게 됐다. 고백하건대 좋아서 열심히 할 수 있었고 계속할 수 있었다.

그럼에도 불구하고 살다 보면 가끔 그런 날이 있다. 나 정말 왜 이렇게 열심히 살고 있는 거지? 열심히 글 쓰면 제대로 읽히긴 할까? 왜 내 돈 내고 이렇게 힘든 고강도 운동을 하는 거지? 장거리 마라톤 완주한다고 인생이 달라지나? 자칫 잘못하면 무력감과 함께 우울 또는 자살로까지 이어질 수 있는 이러한 생각들에 알베르 카뮈는 『시지프의 신화』를 통해 해답을 하나 내놓는다. 산꼭대기까지 올리면 다시 아래로 떨어지고 마는 바위를 시지프는 계속해서 굴려 올린다. 그것이 신들이 정한 그의 운명이다. 카뮈는 신화 속 '시지프'가 우리 인간의 삶과 닮아 있다고 말했다. 산다는 건 죽음이 예정돼 있기 때문에 원래가 부조리한 것이고 이를 직시하게 되면 태도를 달리할 수 있다고 말이다. 책의 마지막은 행복한 시지프를 상상해보아야 한다고 말하며 끝이 난다. 부조리한 삶 속에서도 무언가에 의미를 기울이는 게 얼마나 초월적이고 아름다운 일인지 알게 되면, 순간순간을 열심히 살아낸다는 것 자체가 가장 인간적이면서 가장 숭고한 일이라는 걸 우리 스스로 깨닫게 된다.

10대 때도 그랬고 20대 때도 그랬고 30대 때도 그러했지만 산다는 건 정말이지 힘들다. 각각의 나이대에는 각각의 힘듦이 있다. 그래서 이제는 안다. 오늘도 힘들고 내일도 힘들겠지만, 아니, 어쩌면 더 힘들 수도 운 좋게 덜 힘들 수도 있겠지만, 그렇기 때문에 매 순간 열심히 살아낸다는 것 자체가 대단한 일이란 걸.

'열심'의 사전적 정의는 '어떤 일에 온 정성을 다하여 골똘하게 힘씀, 또는 그런 마음'이다. 모든 걸 다 내려놓고 싶을 때마다 나는 내가 열심히 했던 과거의 어느 순간들을 떠올려본다. 그 시간들이 다 의미 없었다고 생각하면 내 존재 자체가 부정당하는 느낌이다. 글쓰기를 하건 고강도 운동을 하건 달리기를 하건 인생이 크게 달라지진 않겠지만 그래도 어쨌든 나는 열심히 살아왔고 오늘도 열심히 살아냈다. 어쩌면 애초에 모든 질문에 대한 대답은 나 자신에게 있었던 건지도 모르겠다. 좋아서 하는 것들이 나를 보다 단단하게 만들어주었고, 그것들에 한해서라면 좀더 오래 가는 힘을 건네주었다. 줄곧 열심히 달려왔지만 이 책이 독자 여러분에게 어떻게 읽힐지는 모르겠다. 욕심일 수도 있지만, 누군가의 마음에 작은 울림이라도 줄 수 있다면 좋겠다고 생각하며 이제 긴 이야기를 이만 매듭 짓는다.